读客科幻文库

跟着读客读科幻,经典科幻全看遍。

OF TIME AND STARS
神的九十亿个名字

[英] 阿瑟·克拉克 著
Arthur C. Clarke

邹运旗 译

江苏凤凰文艺出版社

目 录

作者自序   I

难以入乡随俗   001

    克里斯蒂尔和达斯特进来了,显然,他们俩和机组其他成员并非同类物种。他们只有两条腿和两只手臂,后脑勺没长眼睛,还有其他一些生理缺陷——他们的同事在进化过程中早已将这些缺陷摒除了。但正是因为有了瑕疵,才让他们成为此次特殊任务的不二人选。只需简单地化化妆,他们就能伪装成人类,甚至能骗过最严密的检查。

    船长问他们:"你们真的清楚这次任务的内容吗?"

扭捏的兰花   023

    一开始,什么事都没发生。随后,两条触手不安地鼓噪起来。它们开始前后摆动,兰花似乎下定了决心。突然,触手迅速扬起,速度之快,令赫拉克勒斯眼前一花。它们缠住生肉,赫拉克勒斯只觉木棍顶端传来一股巨大的拉力。接着,肉块不见了——兰花紧紧地抱着它,如果硬要打个比方,就像饿鬼把肉护在胸前。

    "哎哟我的天呀!"赫拉克勒斯吓得大叫,他还从没用过这么强烈的语气词。

安全调查   041

    汉斯是个艺术家,所以他绝对无法接受一百年以后,人们的品位还会那么差,甚至退化到"嘎嘣脆"广告商的地步。他不想冒充内行,对他们手中的便携式质子粉碎枪的工作原理指手画脚,可它们既然能开火,那为什么还要搞得如此粗陋?完全没道理嘛。再说了,人物的服装,还有飞船的内部设计——根本没有说服力嘛。他为什么知道这些?因为他一直对日常事物的发展演变保持着高度关注,就算是幻想领域,他的想法依然适用。

神的九十亿个名字　　　　　　　　　　051

　　"说起来其实很简单。我们正在编写一本名录，会把至高之神所有可能的名字囊括其中。"

　　"对不起，你说什么？"

　　"我们有理由相信，"喇嘛泰然自若地继续说，"在我们设计的字母表中，只要九个字母，经过排列组合，便能将神所有的名字都列出来。"

被遗忘的敌人　　　　　　　　　　　065

　　他抬手遮住耀眼的月光，凝视着黑夜。天空万里无云——他听到的巨响不知是什么声音，但绝不是雷声。巨响来自北方，他正等着，声音再次传来。

　　遥远的距离，还有阻隔在伦敦城外远处的群山，使声音渐渐减弱。它不像放纵的雷声在整个天际回响，更像是来自偏远北方的某一处。这声音也不像他听过的任何自然之声，过了片刻，他真想再听一次。

　　他相信，只有人类能制造出这种声音。

家有人猿　　　　　　　　　　　　　079

　　朵卡丝眉骨高耸，下面长着一对大大的眼睛，忧伤地凝视着我。她只是外形比较独特而已，实际上，我见过有些人类长得还不如她呢。她大概有四英尺高，身宽差不多也有四英尺，穿着整洁而朴素的制服，看起来就像20世纪早期电影里的女仆，只是她光着脚，脚掌很大，遮住了好大一块地面。

　　"早安，太太。"她回应道，声音有些含糊，但足以让人听懂了。

　　"她能说话！"奶奶惊叫起来。

捉迷藏 093

　　K15是个军事情报人员,许多缺乏想象力的人都叫他"间谍",这让他很是苦恼,可眼下这件事才是真的让他叫苦不迭。近几天来,一艘速度超快的敌方巡洋舰正追在他的船后,距离已越来越近。

　　哪怕最乐观的预计也表明,再过六个小时,他便会落入追击者的炮火范围之内。也就是说,六小时零五分钟之后,K15的血肉便极有可能弥散在太空当中,成为广阔无垠的宇宙的一部分。

黎明不再来临 113

　　"请随意,接着说。只要是有趣的事,我就不会在意。"
　　那声音停了一会儿,随即再次响起,语气中带着一丝担心。
　　"我们不太明白你的意思。我们的消息一点儿也不有趣,它事关你们整个种族的生死存亡,你必须马上通知你们的政府。"
　　"我听着呢。"比尔说,"听起来很适合消磨时间。"

闹鬼的宇航服 125

　　就在这时,我置身于茫茫的黑暗深渊,突然感觉不对劲儿,恐怕事情还很严重。

　　在太空服里,永远不会有完全的寂静。你总能听到氧气轻柔的嘶嘶声、风扇与发动机微弱的呜呜声、你自己喘气时的呼呼声——如果仔细听,甚至还有心脏跳动时有节奏的砰砰声。这些声音在太空服中回荡,无法逸散到周围的真空中去。在宇宙中,它们是生命的背景音,却极易被忽视,只有发生异常时,你才会注意到它们的存在。

　　它们现在就发生异常了。

追逐彗星 135

  他再也说不下去了。他回想起洒满雪原的月光,回想起响彻大地的圣诞钟声,可这一切都已距他五千万英里之遥。地球上所有那些他曾经熟知,却时常忽略的美好的事物,都已永远地抛弃了他。想到这里,他的自制力彻底崩溃,像个孩子似的呜呜地哭了起来。

地心烈焰 155

  图像好长时间没有变化了,我知道,现在就连岩石都被压紧,变成了毫无特色、品相单一的物质。我快速心算一下,结果被吓了一跳,这里的压强已达到每平方英寸至少三十吨。现在,扫描仪转动得相当慢,渐渐式微的回声需要好几秒才能从地下深处挣扎着返回。

  "好吧,教授,"我说道,"祝贺你,这是个惊人的成果。不过,我们好像已经到达地核了。我认为,从现在起直到地心,不会再有任何变化了。"

  他略带嘲讽地微笑。"请继续。"他说,"还没完呢。"

无限永恒的时间 173

  "自打我进来以后,你就没觉得有些不对劲儿?是不是——太安静了?"

  艾什顿屏气细听,上帝呀,她说得没错!哪怕是在夜间,房间里也从没这么安静过。风掠过天台时总会发出呜呜音,现在怎么没了?从远处传来的嘈杂的车流声也停息了,五分钟之前他还在咒骂街道尽头集装箱堆积场上的引擎轰鸣声。这是怎么回事?

"地球啊，我若忘记你……"　　　　　　　　　　　　　　　195

　　他们转眼之间便越过了矿山。父亲把车开得飞快，让人既有些害怕，又有些兴奋，好像是——男孩心中突然冒出一个奇怪的念头——好像父亲是在逃避着什么。几分钟后，他们抵达了高地边缘，原来庇护所建立在一座高原之上。下方的大地延伸开去，轮廓清晰，线条分明，令人目眩的陡峭斜坡掩映在阴影当中。

绿手指　　　　　　　　　　　　　　　　　　　205

　　登陆月球的苏联探险队中居然会有一位植物学家，这个消息让大家嗤笑了好久。可是，我们各方探险队把登陆点周围几平方英里的月球表面翻了个遍，也没能找到任何存在植物的迹象，无论是活体植物还是化石，什么都没有。这真是冷酷的月亮给予我们的最大的打击。有些人虽然百分之百相信月亮上不可能有生命存活，心里却依然希望有人能证明他们是错的……

长羽毛的朋友　　　　　　　　　　　　　　　215

　　第一次发现克拉丽蓓尔在太空站里时，我正坐在美其名曰"办公室"的小屋子里检查器材清单，看哪些东西马上就快用完。就在这时，我听到耳畔响起一声悦耳的啾鸣，我以为声音是从对讲机里传出来的，还在等待接下来会有什么指示。可是，什么都没有，反而又传来一阵长长的、婉转的乐音。于是我猛地抬起头，却忘记了脑后的位置横着一根钢梁。这一下撞得我眼前金星乱舞、火花四射。待"星光"散去，我第一次见到了克拉丽蓓尔。

月球上的罗宾汉 223

这套弓箭是临时制造的,但如果你技术还行,把箭射到一英里开外还是不成问题。只是特雷弗不想浪费,毕竟箭也不是那么容易制造的,现在他对如何提高准度更感兴趣。看到箭头以近乎水平的轨迹射出,真是让人感到不可思议,仿佛它们会沿着月球表面一直飞出去似的。甚至还有人因此警告特雷弗千万要当心,那些被他射出去的箭,很可能会变成月球的卫星,绕着月亮飞一圈,直接扎到他的背上。

相会于黎明 233

小路突然变得开阔,眼前一片空地几乎完全被村庄占据,到处都是简陋的小屋。一道木篱笆环绕四周,明显是为了抵御当前尚未现身的敌人。小屋的大门都敞开着,里面的居民各自忙碌,气氛一派祥和。

三位探险家大气不敢出,大眼瞪小眼紧紧盯着屏幕长达几分钟之久。克林德的身体微微发颤,他说:"太不可思议了。这简直就是我们自己的星球十万年前的景象。我说,咱们是不是回到了过去?"

岗 哨 255

眼中所见让我的好奇之心更盛。视野中的峰峦清晰无比,棱角分明,似乎只有半英里之遥,但不管反射阳光的是什么东西,它都太小了,难以看清。不过,那东西有一种难以言喻的对称美,承载它的山顶又平坦得出奇。我盯着那闪闪发光的谜一般的物体,眼睛望向虚空。

作者自序

本书一共收录十八篇小说。在陆续创作这些小说的二十五年间,航天技术已由神奇的梦想转变为几乎有些乏味的现实。当我于1948年完成《岗哨》的时候,我还很难意识到这一点,当时我也很难相信,在有生之年,我能亲眼目睹人类登月的全过程。

二十年后,斯坦利·库布里克以《岗哨》这篇小说为蓝本,创作了电影《2001:太空漫游》。小说的主题——"在月球或其他行星发现早期太空访客的遗迹或遗物"——如今已成为许多科学家严肃对待的话题。

电影《2001:太空漫游》还借鉴了本书中《相会于黎明》这一篇的主要思路。

根据我的想法,尽管《黎明不再来临》中出现了世界末日，可它依然只是一则幽默小品。如有其他作者完成了同样的"壮举"，我也非常有兴趣拜读一下。

一般情况下，我很少会记得我是在何时何地得到了某篇小说的灵感，但《被遗忘的敌人》是个例外。那是20世纪30年代末的一个冬天，一场暴风雪席卷了伦敦，我正在楼顶看雪景，突然，一个糟糕的念头冒了出来："如果这场大雪永远也停不了，那该怎么办？"结果，多年以后，这篇小说出炉了，我却因此搬到了赤道地区居住……

《绿手指》创作于1957年，它的点子似乎有些不可思议。不过，阿波罗11号带回的"月尘"样品给了我们一些有趣的发现，反而让小说的主题更加可信了。通过检测，人们发现，月球土壤中各类植物的元素增长率正在显著上升，目前这一现象还未得到更好的解释。也许到本世纪末，我们就可以在月球上开辟花园了——但我希望，我们在月球栽培植物，理由不要跟《"地球啊，我若忘记你……"》一样。

《追逐彗星》和《神的九十亿个名字》讲的都是计算机以及它们给我们造成的麻烦。写这篇序言时，我有幸问候了我的家用电脑——惠普9100A，名叫"小哈尔"[①]——请它回答

[①] 哈尔（Hal）：《2001：太空漫游》中控制飞船的超级电脑的名字。

一个有趣的问题。根据记录，我发现到目前为止，我大概写了一百篇短篇小说，这部小说集只收录了十八篇——如果以后每部集子也收录十八篇，那么，我一共可以出版多少部短篇小说集呢？答案嘛，相信你很快就能算出来——是100×99……×84×83除以18×17×16……×2×1。换算过来很惊人——"小哈尔"告诉我，结果应该是20,772,733,124,605,000,000。这样，我就可以在很长时间内不停地出书了——可有个问题很难办，我该为它们取什么书名呢？（我之前也出过几本短篇集，根据记录，书名都取自集子中收录的小说，比如：《远征地球》《抵达明天》《白鹿酒吧的故事》《天穹的另一边》《太阳风》……）

最后，请允许我怀着极大敬意感谢普利斯特里先生。尽管有许多著名的英国作家（比如说，H.G.威尔斯、鲁德亚德·吉卜林、阿瑟·柯南·道尔爵士、E.M.福斯特、阿道司·赫胥黎、乔治·奥威尔等）都出版过优秀的科幻小说，但在文学出版领域，依然存在着一种令人遗憾的趋势，人们往往会轻视科幻小说。幸运的是，这种倾向（比如"两种文化"[①]的产生原因

---

① 两种文化：由英国作家、科学家C.P.斯诺于1959年提出的观点。他认为科学文化与人文文化的分裂给社会造成了极大损失，很多科学家们不读文学作品，很多艺术工作者又不懂科学，使得世界范围内的教育质量逐步降低。这一观点在当时造成极大反响，引发了很多讨论。

及其造成的影响）似乎已渐渐式微。希望普利斯特先生独具慧眼的工作可以加速这一进程。

阿瑟·C.克拉克

于锡兰，科伦坡

1972年3月

难以入乡随俗

飞碟以迅雷不及掩耳之势穿越云层，垂直下降，直到距离地面50英尺处才猛然刹住，然后又是一阵噼里啪啦，这才降落在一片星星点点长着几丛荒草的野地里。

"着陆技术太差劲儿了！"威斯克特普托船长说道。当然，他说的不是地球上的语言。在人类听来，他的声音就像只愤怒的小母鸡在咯咯叫。驾驶员克特克拉格将三根触手从控制面板上挪开，抻开四条腿，舒服地伸了个"懒腰"。

"这又不是我的错，谁叫自动驾驶又罢工了？"他抱怨道，"这艘破船五千年前就该报废了，你还有什么不满意的？要是母星上那些见钱眼开的……"

"行了行了！能完完整整地着陆，我已经很知足了。叫克里斯蒂尔和达斯特进来,出发以前我有话说。"

克里斯蒂尔和达斯特进来了,显然,他们俩和机组其他成员并非同类物种。他们只有两条腿和两只手臂,后脑勺没长眼睛,还有其他一些生理缺陷——他们的同事在进化过程中早已将这些缺陷摒除了。但正是因为有了瑕疵,才让他们成为此次特殊任务的不二人选。只需简单地化化妆,他们就能伪装成人类,甚至能骗过最严密的检查。

船长问他们:"你们真的清楚这次任务的内容吗?"

"当然。"克里斯蒂尔回答,他有些生气,"我又不是第一次接触这些原始物种了。我在人类学方面的训练……"

"很好。语言方面呢?"

"那个……这是达斯特的专长,但我现在说得也很流利。他们的语言很简单,况且,我们研究他们的广播已有两三年了。"

"出发之前,你们还有什么问题?"

"呃,只有一件事。"克里斯蒂尔迟疑了一下,"从他们的广播内容来看,很明显,他们的社会体制非常原始,犯罪和不法行为相当普遍。许多有钱人会雇用所谓的'侦探'或'保镖'来保护他们的生命和财产安全。我知道,这个要求会违反规定,但我们还是想……"

"想什么？"

"这么说吧，如果能带上两把马克Ⅲ型分解枪，我们会很有安全感。"

"那我就没有安全感了！要是母星上有人知道了，我会被军事法庭起诉的。如果你们不小心杀了几个原住民，星际政治局、原住民保护委员会，还有其他乱七八糟的组织都会来找我的麻烦。"

"如果我们被杀了，不是一样麻烦？"克里斯蒂尔的情绪有些激动，"别忘了，你要为我们的安全负责。还记得我跟你讲过的广播剧吗？那是一户典型的人类家庭，结果故事发展不到半个小时，就出现了两名杀人犯！"

"哦，好吧，但你们只能带马克Ⅱ型——就算遇上麻烦，我也不希望你们把事情搞得太糟。"

"非常感谢，这样我也就放心了。按照计划，我会每三十分钟向你报告一次，整个任务时间不会超过几个小时。"

威斯克特普托船长目送他俩的身影消失在山脊后，深深地叹了口气。

"为什么？"他说，"船上有这么多人，为什么只能选他们两个？"

"没办法呀。"驾驶员回答，"那些原始物种见到任何异类都会大受惊吓。如果看到我们,他们只会恐慌,接着炸弹就会从意想不到的地方直接落到我们头上。你也不想发生这种事吧?"

威斯克特普托船长心神不宁地将所有触手拧成一团,焦虑的时候,他经常这么干。

"当然。"他说,"如果他们回不来,我就马上离开,然后报告说这地方很危险。"他的心情似乎好了一些,"没错,这样还会省去好多麻烦。"

"那我们几个月的研究就全白费了。"驾驶员不满地说。

"怎么会白费呢?"船长一边回答,一边迅速地解开纠缠的触手——动作太快了,肉眼根本看不清,"我们的报告会让下一艘考察船受益匪浅,我还会建议再过——嗯,就算五千年吧——再回来。到那时,这地方应该会变得更文明——但坦率地讲,我对此深表怀疑。"

塞缪尔·希金斯·博萨姆正在享用干奶酪和苹果酒,这时他看到两个人影沿着小路越走越近。他用手背擦了擦嘴,把酒瓶小心地放到码得整整齐齐的工具边上,然后用略带惊奇的目光看着两人走到近前。

"早上好。"他愉快地打着招呼,嘴里塞满了奶酪。

两个陌生人停下了脚步。其中一位偷偷摸摸地掏出一本小册子,塞缪尔当然不知道,上面写满了诸如此类的词语和短句:"在天气预报之前,插播一条大风警告。""不许动——把手举起来!"以及"呼叫所有车辆!"

达斯特却不需要这些东西做提醒,他立刻上前回答道:"各位听众早上好。"他用的是最标准的BBC腔调,"请问你能告诉我们最近的村落、乡镇、集市或其他人类聚居地在哪里吗?"

"啥?"塞缪尔疑惑地看着两个陌生人,这才注意到他们的衣着有些奇怪。其中一位还算正常,他心中暗想,那人穿着一件翻领羊毛套衫,外面是时髦的条纹外套,现在的城里人很喜欢这种款式;另一位仍然手忙脚乱地翻阅着小册子,他头戴礼帽,身穿一套夸张的晚礼服,打扮得一丝不苟,还扎着一条醒目的红绿相间的领带,脚下穿着钉头皮靴。克里斯蒂尔和达斯特在服装上下足了功夫,可惜他们只能跟电视剧学。体谅一下吧,在没有其他信息来源的情况下,能把衣服穿成这样,已经很不错了。

塞缪尔挠了挠头。他们是从外国来的吧,他心想,就算城里人也没有这么打扮的嘛。

他用手指路,告诉他们具体该怎么走。他的口音很奇怪,除非你住在英国西部地区，否则，三句话里有两句别想听懂。克里斯蒂尔和达斯特居住的星球距地球非常遥远，就连马可尼的第一声无线信号至今都未能抵达，他们更不可能听到BBC专为西部地区广播的节目了。他们只听懂了大概意思，便彬彬有礼地败下阵来。两人都在想，我们的英文能力果然没有想象中那么好啊。

就这样，人类与外星生命的第一次会晤平安无事地结束了，没能载入任何史册。

"依我看，"达斯特认真想了想，却没什么把握地说，"他是不想帮忙吧？这倒让我们省去不少口舌。"

"恐怕不是。看他身上的衣服，还有从事的工作，我猜他不是一个很有知识和地位的人。我甚至怀疑，他连我们的身份都没搞清楚。"

"那边还有一个！"达斯特伸手指向前方。

"别这么一惊一乍的，小心吓着他。慢慢走过去，自然点儿，让他先说话。"

那人急匆匆地迎面走来，明显是要去办什么事，一眼都没看向他们。没等两人缓过神，他已经走远了。

"这下可好！"达斯特说。

"没关系。"克里斯蒂尔用哲学家的口吻说，"或许他也无法提供任何帮助。"

"明明就是没礼貌，干吗还要找借口？"

费茨西蒙教授穿着一套老式运动服，全神贯注地看着一篇有关原子物理的深奥论文。克里斯蒂尔和达斯特有些气愤地看着老教授的背影沿着小路渐行渐远。克里斯蒂尔第一次不安地感觉到，接触人类或许真的没那么简单，他以前过于乐观了。

小米尔顿是一座典型的英国乡村，坐落于群山脚下，为了防止发生意外，周围的高山已被封锁起来。现在正值夏日的清晨，路上几乎没有行人。男人干活儿去了，女人伺候一家之主吃完早饭，把他们送出家门，又开始马不停蹄地整理家务，因此克里斯蒂尔和达斯特一直走到村子中央才见到第一个人。那是村里的邮递员，送完信件后正骑着自行车返回邮局。他现在心情很坏，因为他刚刚跑了好几英里去道奇森的农场，只为送一张一便士的明信片。还有，岗纳·埃文斯每周寄给他老妈的换洗衣物又比平时重了好多，自从这小子从饭店厨房里偷出四听牛肉罐头以后，他已经不止一次顺手牵羊了。

"打扰一下。"达斯特有礼貌地问。

"没空儿。"邮递员没有心情停下来聊天，"忙着呢。"说完便扬长而去。

"我实在受不了了。"达斯特抗议道，"他们怎么都这样?"

"你要有点儿耐心。"克里斯蒂尔说,"记住,他们的习惯跟我们很不一样,可能还要再花点儿时间才能取得他们的信任。以前我与这种原始物种打交道时就遇上过麻烦,每个人类学家都要习惯这一点。"

"嗯……"达斯特说,"我建议咱们到他们家里去,这样他们就不会走开了吧。"

"是个好主意。"克里斯蒂尔勉强同意,"但千万不要进入任何教堂模样的建筑,不然还是会惹麻烦的。"

就算是最没经验的外星人探险家,也不会认错老寡妇汤姆金斯的房子,它实在太特别了。老太太看到两位绅士站在家门口,兴奋得不得了,根本没注意到他们的衣服有什么不对劲儿。她闪过一个念头,觉得对方应该是报社记者,他们是来就她百岁大寿的事(其实她只有九十五岁,但她不打算坦白)做采访的,这可真是个意外的惊喜呵。她愉快地迎出门,摘下挂在门上的小黑板,向两位访客打招呼。

"你们可以写字。"她笑着递上小黑板,"我耳朵聋,已经有二十年了。"

克里斯蒂尔和达斯特失望地面面相觑。他们完全没料到这种情况。他俩只在电视节目预告中见过手写的文字,而且根本看不懂。幸好达斯特记忆力相当好，还善于随机应变。他笨手笨脚地抓过粉笔，写下一行文字。他相信，当交流遇到障碍时，这么写肯定没错。

两位神秘客人已经沮丧地走远了，老汤姆金斯夫人还在困惑地看着小黑板上的涂鸦。过了好一阵子，她才认出这句话——达斯特把好几处都写错了——就算没错，老太太也没看懂这是什么意思。

"信号中断，随时恢复。"

达斯特已经竭尽全力了，老太太却只好永远被蒙在鼓里了。

他们敲开第二扇门。这次还算幸运，开门的是一位年轻的女士，她咯咯地笑着，但没说几句话就马上闭嘴并摔上了门。克里斯蒂尔和达斯特听着门内含糊不清却异常兴奋的笑声，心中均是一沉，他们开始怀疑自己伪装成人类的效果不如预期的那么有效。

第三家则恰好相反，史密斯夫人那张嘴就跟连珠炮似的，一分钟能吐出120个单词，可她的口音跟塞缪尔·希金斯·博萨姆一样，他们根本听不懂。达斯特好不容易才插进话去说了声抱歉，两人赶紧告辞。

"为什么所有人的说话方式都跟广播里不一样？"他叹了口气，"如果他们都这么说话，他们又是怎么听懂广播的？"

"我想，咱们一定是弄错了降落地点。"克里斯蒂尔说，现在他已经乐观不起来了。但这还不算完，接下来又是一连串的碰壁。他们接连拜会了一位盖勒普民意调查员、一位未来的保守党候选人、一位吸尘器推销员，还有当地黑市的贩子。

第六或第七个接待他们的人终于不是家庭主妇了。开门的是一个瘦小、枯干的男孩，湿乎乎的手上正抓着一本读物，一下子就吸引了两位拜访者。那是一本杂志，封面上画着一艘升空的巨型火箭，下方是一颗布满火山口的星球——不管那是什么星球，反正并非地球就是了。封面画上横列着一行大字：伪科学惊奇故事，售价25便士。

克里斯蒂尔看看达斯特，脸上露出一副"知道我在想什么吗？"的表情，后者也用同样的表情看着他。没错，终于找到了，这个人肯定可以理解他们。达斯特精神一振，急忙与男孩攀谈起来。

"我想你能帮上我们。"他礼貌地说，"找到一个能理解我们的人真是太难了。你听我说，我们是从外太空来的，刚刚降落到这颗星球上，我们想和你们的领导人见面。"

"哦。"吉米·威廉姆斯刚刚还在土星的外围卫星上冒险，心思还没有完全回到地球上，"你们的宇宙飞船在哪儿？"

"在山上。我们不想吓到别人。"

"它是一艘火箭吗?"

"天哪,当然不是。火箭几千年前就被淘汰了。"

"那它是怎么工作的?用的是原子能吗?"

"我想是吧。"达斯特回答道,他的物理学基础很差,"还有其他形式的能源吗?"

"别净说没用的。"克里斯蒂尔不耐烦了,"快点儿问他,我们到哪儿才能找到他们的政府官员?"

没等达斯特开口询问,房间内便传来一声狮吼。

"吉米!跟谁说话哪?"

"两个……男人。"吉米的声音有些战栗,"至少看起来像是男人。他们是从火星上来的。我就说过,火星上有外星人。"

伴随着沉重的脚步声,一位巨型悍妇,身板壮如大象,满脸杀气地从阴影中走了出来。她凶狠地瞪着两个陌生人,又看了看吉米手中的杂志,马上就明白是怎么回事了。

"你难道不觉得害臊吗?"她大吼着,扫视一眼克里斯蒂尔和达斯特,"我居然养了这么一个不中用的废物!整天就知道浪费时间看这些垃圾,怎么就没有一个正常的大人来教他点儿正经东西?火星人?哈!我说你们就是坐这种飞碟来的?"

"可我们从来没提过什么火星。"达斯特战战兢兢地抗议道。

砰！门关上了。紧接着，门后传来激烈的怒骂声、纸张被撕烂的刺啦声，还有悲惨的哭号声。

"这下可好。"达斯特说，"接下来怎么办？他为什么说咱们是从火星来的？如果我没记错的话，火星甚至不是离这里最近的行星吧？"

"我不知道。"克里斯蒂尔说，"不过我想，他们以为咱们来自临近的行星也很自然嘛。要是他们知道了真相，更会大吃一惊的。火星，嘿！那里的情况比这儿还要糟，我已经看过报告了。"他那超然的科学态度已经明显地开始动摇了。

"暂时不要去房子里找人了。"达斯特说，"在户外的人肯定也不少。"

这个想法完全正确。他们没走多远，身边就围了一大群小孩子，他们吵吵嚷嚷地不知说些什么，但明显是些粗话。

"我们是不是应该哄哄他们，送他们一点儿礼物？"达斯特焦急地说。在和某些更加落后的种族打交道时，这么做经常很管用。

"好吧，你带什么了？"

"什么都没有，我还以为你……"

达斯特话没说完，这群小讨厌鬼已经一溜烟儿跑到另一条街上去了。这时候，另一个家伙，穿着蓝色制服，器宇不凡，正沿着大街走来。

克里斯蒂尔眼前一亮。

"是个警察！"他说，"也许是去某处调查一起凶杀案，但他应该能抽些时间跟咱们谈谈。"只是他说这话时没什么底气。

希克斯警官惊讶地看着两个陌生人，竭力不让这种情绪从语气中流露出来。

"你们好，先生们。你们在找什么？"

"是的，我们在找人。"达斯特用最友好、最平和的口气说，"也许你能帮帮我们。你听我说，我们刚刚降落在这颗星球上，想和你们的领导人见见面。"

"啥？"希克斯警官很吃惊，他愣了一会儿——但时间不长就平静下来。希克斯警官是个聪明的年轻人，他可不想当一辈子乡村警察。"你们刚刚降落，是这样吗？我想，是坐宇宙飞船来的吧？"

"当然。"达斯特大大地松了口气。这个警察既没有怀疑，也没有发怒，如果是在某些更原始的星球上，这番话早就引起一场轩然大波了。

"好的，好的。"希克斯警官说，他希望自己的语气能够安抚对方，让他们感到信任。（他们看起来很瘦弱，就算两人同时发飙也没什么大不了的。）"有什么要求尽管对我讲，我会尽力帮助你们。"

"我太高兴了。"达斯特说，"听我说，我们特意选在这个偏僻的地方降落，就是不想引起恐慌。在和你们的政府取得联系之前，知道我们的人尽可能越少越好。"

"我能理解。"希克斯警官一边回答，一边急匆匆地四下张望，看有没有谁能帮他给警长带个口信，"你们接下来有什么打算？"

"在这里谈论我们对地球的长期规划恐怕很不合适。"达斯特谨慎地说，"我只能说，我们已经全面调查过这片宇宙区域，并将很快开发这里，到时候，我们会在诸多方面向你们提供帮助。"

"你们真是太好了。"希克斯警官热情地说，"我想，当前最重要的事是请你们随我来，我们先去警察局，稍后再安排你们与首相的会晤。"

"非常感谢。"达斯特心中充满了感激。他们信任地与希克斯并肩而行，警官却时时放慢脚步，让他们走在前面，直到一行三人抵达乡村警察局。

"这边请，先生们。"希克斯警官彬彬有礼地引领他们走进一个小房间,这里光线暗淡,几乎没什么摆设,甚至比他们想象中的还要原始。他们还没看清周围的环境,就听"咔哒"一声,一扇铁栅栏门将他们和警官隔离开来。

"现在不用担心了。"希克斯警官说,"你们在这里不会有事的。我过一会儿再回来。"

克里斯蒂尔和达斯特大眼瞪小眼,马上明白事情不妙。

"我们被关起来了!"

"这是一间牢房!"

"这下我们怎么办?"

"不知道你们两个懂不懂英语。"昏暗的阴影里传来一个无精打采的声音,"请让我安静地睡会儿觉好吗?"

两位新犯人这才发现,原来他们还有个"狱友"。那是个颓废的年轻人,正躺在牢房角落里的床上,只睁开一只眼睛看着他们,眼神疲倦而不满。

"我的天哪!"达斯特紧张兮兮地说,"你觉得他会不会是个危险的罪犯?"

"现在看来倒没什么危险。"克里斯蒂尔说,他觉得自己的判断要更精准一些。

"你们犯了什么事儿?"陌生人问道,他摇摇晃晃地坐起身,"你们看起来像是刚参加完化装舞会。啊,我的头好疼！"说着，他又一头趴倒在床上。

"化过妆的人都要关起来吗？太不讲道理了。"心地善良的达斯特非常惊讶，他用英语继续说，"我们也不知道为什么会被带到这儿来。我们只不过告诉警察我们是谁，从哪儿来，结果就变成这样了。"

"好吧，你们是谁？"

"我们刚刚降落……"

"得了，没必要再说一遍了。"克里斯蒂尔插话进来，"根本没有人会相信我们。"

"嘿！"陌生人又一次坐了起来，"你们说的是哪国话？我能听懂几门外语，却从没听过你们的语言。"

"哦，好吧。"克里斯蒂尔对达斯特说，"你不妨跟他说说。反正在那警察回来之前，我们也没什么事情可做。"

此时此刻，希克斯警官正用最诚挚的语气与当地精神病院的院长通话，对方态度坚决地表示，所有病人都在，没有一个逃跑。不过，他也保证随后会认真检查一次，有了结果便会打电话告知。

希克斯警官放下电话，心想这一切是不是纯属恶作剧？他无声无息地走回拘留室，只见三个"囚犯"正在亲热地聊天，于是又踮着脚尖走了回来。确实应该让他们先冷静一下，这样对他们三个都有好处。警官轻轻地揉了揉眼睛,今天凌晨时分,他可是费了不少劲儿才把拳打脚踢的格拉汉姆先生塞进拘留室里。

这个年轻人昨晚彻夜狂欢,现在终于清醒过来。虽然他被关在拘留室里,却一点儿也不后悔——如果你拿到了学位证书,本以为能通过就算万事大吉,没想到还赚了一笔优等奖学金,不庆祝一下岂不是太没天理了?可这会儿他有点儿担心自己是不是还没醒酒。达斯特刚刚讲完,正在等待对方的反应,当然,他没指望格拉汉姆会相信。

在这种情况下,格拉汉姆心想,最好的办法还是宁可信其有,直到幻觉自行消散。

"如果你们的宇宙飞船真的在山里,"他说,"你们肯定可以通知同伙把你们救出去。"

"我们打算自己解决。"克里斯蒂尔很有尊严地说,"再说,你太不了解我们船长了。"

他们讲得倒也挺可信的,格拉汉姆心想,整个故事很有说服力,只是……

"我还是不太相信。你们有能力建造宇宙飞船,却逃不出乡村警察局里这一间可怜的牢房?"

达斯特看了看克里斯蒂尔,后者不高兴地嘟囔着。

"其实我们很容易就能出去。"这位人类学家说，"可是除非万不得已，我们不想使用暴力手段。你肯定不知道那将会引起多大的乱子，事后我们还得提交一大堆报告。再说，就算我们逃出去，没等回到飞船上，你们的特种部队就能把我们抓回去。"

"小米尔顿可没什么特种部队。"格拉汉姆哈哈大笑，"只要没人拦着，咱们到达白鹿酒吧之后还能找到我的车。"

"哦！"达斯特的精神马上振作起来。他转向自己的同伴，两人热火朝天地讨论了一会儿，然后，他异常谨慎地从衣服内袋中掏出一只黑色的小圆棒，那副小心的样子，活像一个紧张的小姑娘第一次摆弄一把上膛的手枪。与此同时，克里斯蒂尔也"嗖"的一声蹿到最远的角落里。

就在这一刻，格拉汉姆猛然打了个激灵，他已经完全清醒了，而且意识到刚刚听到的离奇故事从头到尾全是真的。

没有惊天动地的巨响，没有四下溅射的电火花，也没有五光十色的激光束——三尺开外的一堵墙却无声无息地分解了，只剩下一摊细小的粉末。刺眼的阳光径直照进拘留室。达斯特如释重负地松了口气，把那件秘密武器收了起来。

"来啊，快点儿。"他催促格拉汉姆，"我们一起走。"

没有人追赶他们,希克斯警官还在电话里和院长争论,直到几分钟后,这位聪明的年轻人才回到拘留室,见到了职业生涯中最惊人的一幕。白鹿酒吧里的人再见到格拉汉姆时一点儿都不意外,他们全都知道这小子昨晚是在哪里度过的,并且希望当他的案子开庭时,法官大人能够网开一面,放他一马。

克里斯蒂尔和达斯特胆战心惊地爬进宾利车的后座,这辆破车简直就要散架了,格拉汉姆却亲切地叫它"小玫瑰"。还好,在那锈迹斑斑的引擎盖下面,发动机并没有出什么问题。不一会儿,他们便大喊大叫地以每小时五十英里的速度逃出了小米尔顿。克里斯蒂尔和达斯特终于体会到什么叫作速度的相对性。近几年来,他们一直以每秒几百万英里的高速在太空中往返穿梭,旅途相当平静,什么感觉都没有,这会儿却被吓个半死。等到克里斯蒂尔的气息喘匀了,他才取出微型通话器,向飞船呼叫。

"我们正在返回的路上。"他迎着狂风大吼道,"有个智力非凡的人类跟我们在一起。预计还要——呜哇!——对不起——我们刚刚越过一座桥——十分钟就能抵达。你说什么?没有,当然没有,一点儿麻烦都没有,一切都非常非常顺利。再见!"

格拉汉姆回头看了一眼两位搭车客,只看一眼,就把他吓了一跳。他们的耳朵和头发（粘得不够牢）已经被大风刮走了，他们的本相正在渐渐暴露。格拉汉姆有些不安地想，这两位新朋友好像连鼻子也是假的。不过，算了，看着看着什么都能习惯了。今后他还不知道要跟他们打多长时间的交道呢。

剩下的事情你们已经知道了。不过，第一次降落地球的整个经过，还有格拉汉姆大使是在什么特殊情况下代表地球人加入宇宙大家庭的，这些细节以前从未有人披露过。我们在外星事务部工作期间，曾经做过大量工作，这才说服克拉斯蒂尔和达斯特本人，得到了这些至关重要的材料。

于是我们可以理解，正是因为克里斯蒂尔和达斯特在地球上出色地完成了任务，所以上级才会选择他们首次来出访我们神秘莫测的邻居——火星人。同样，根据上述材料，我们也能理解，他们两人在接到新任务时是极不情愿的。从此以后，再也没人听说过他俩的消息这件事，也就没什么好奇怪的了。

扭捏的兰花

在白鹿酒吧，几乎没人相信哈利·珀维斯的故事全是真的，但大家都承认，其中有一些比另外一些显得更真实。然而，就真实度来说，"扭捏的兰花"明显属于很难叫人相信的那一类。

我不记得哈利在讲这个故事时用了什么惊人的开场白，或许是某个兰花爱好者把最近鼓捣来的丑八怪搬进了酒吧，结果打开了他记忆的闸门。不管我记得多少，毕竟故事才是关键。

这一次神奇冒险的主角并非哈利的众多亲属之一，但他拒绝解释为什么会知晓这么多乌七八糟的细节。这是发生在温室里的传奇故事，我们的"大英雄"——如果可以这么说的话——是个人畜无害的小职员，名叫赫拉克勒斯·基庭。如果你认为这是故事当中最不可信的部分，那么，还请少安毋躁。

赫拉克勒斯绝不是随随便便听过就忘的名字。可如果你叫这个名字，身高却只有四英尺九英寸，体形瘦小枯干，就算勤于健身，体重也仅有九十七磅，那也未免太尴尬了。或许这倒可以解释为什么赫拉克勒斯很少与人接触，他所有真正的朋友都长在花园内侧潮湿温室的花盆里。他的日常需求很简单，在自己身上很少花钱，但种植的兰花和仙人掌却是非同一般。实际上，他在花卉养殖这个圈子里可谓声名远播，还经常收到来自全球各个偏远角落的包裹，里面散发着腐殖土和热带丛林的鲜活气息。

亨丽艾塔姑妈是赫拉克勒斯唯一还在世的亲人，两人若站在一起，你恐怕很难找到更为强烈的对比了。她身材壮硕，足有六英尺高，经常穿一身色彩艳丽的哈里斯粗花呢条纹外衣，开起捷豹车来天不怕地不怕，还一支接一支地抽雪茄。她的父母把这位心肝宝贝当成男孩子养，不知道这算不算达成了他们的心愿。亨丽艾塔姑妈一个人住，日子过得相当滋润。她养了好多狗，各类品种、各式大小都有。她身边总会陪着一对儿新宠，那可不是其他女士们经常放在手提包里的小型袖珍犬。基庭女士的犬舍里只有大型丹麦犬、德国黑背牧羊犬、圣伯纳犬等等。

亨丽艾塔奉行男卑女尊，她瞧不起男人，所以至今未婚。然而出于某种原因，她却很喜欢赫拉克勒斯，两人叔侄情深（没错，就是这个词），几乎每个周末她都会来看他。这是一种很微妙的关系——或许在亨丽艾塔眼里，赫拉克勒斯会让她产生一种优越感。如果他是男性中的典型，那么，男性实在是急需关爱的一群人。不过，就算亨丽艾塔动机如此，她本人也没意识到这一点，她似乎由衷地爱着自己的侄子。她有些居高临下，但绝非冷酷无情。

可以想见，她的"关爱"对赫拉克勒斯严重的自卑情结没起到多少帮助。起初，他还很迁就自己的姑妈；后来，他开始害怕她的定期来访、她的粗声大气，还有她那足以捏碎掌骨的大力握手；久而久之，他恨死了她。实际上到最后，他的恨成了生命中的全部，甚至超过了对兰花的爱。但他很小心，没把这种情绪表现出来，他知道，如果亨丽艾塔姑妈发现他的心思，恐怕会把自己撕成两半，喂给她那群大狼狗。

可是，渐渐地，赫拉克勒斯再也没办法压抑被禁锢的情感。即便他想谋杀亨丽艾塔姑妈，依然表现得很有礼貌。他经常处于谋杀的边缘，尽管他知道自己下不了手。直到有一天……

根据花卉经销商的说法，这种兰花来自"亚马孙流域的某地"——一个非常含糊的邮政地址。尽管没有人会比赫拉克勒斯更喜欢兰花，可当他第一眼见到它时，依然没什么好印象：一块乱蓬蓬不定型的根，大概有人的拳头大小——仅此而已。它有股腐烂的味道，那是一种淡淡的、腐肉一般的气息。赫拉克勒斯甚至不相信能把它养活，他对经销商也是这么说的。或许正因为如此，他没花多少钱便买下了它，随后漫不经心地带它回家。

头一个月里，兰花没有任何生命迹象，赫拉克勒斯也不以为意。然后，有一天，一株小小的绿芽露出头，开始向着阳光伸展。从那以后，它长得飞快，没多久便长出一株成人手臂粗细的枝干，绿油油的，充满生机，枝干顶部还生出一圈奇怪的突起——除此以外便毫无特色了。赫拉克勒斯却十分兴奋，他敢肯定自己发现了一个全新的品种。

现在，兰花的长势确实令人称奇——很快它就比赫拉克勒斯还高了，当然，这也不是特别高。就连那一圈突起物也在生长，好像随时随地都会开花似的。赫拉克勒斯焦急地等待着，他知道有些花非常短命，一开即谢，所以尽可能长时间待在温室里。尽管他悉心等候，一天晚上，兰花还是挑在他睡觉的时候开了。

第二天早上，兰花展开八条摇晃的蔓藤，几乎垂到地上。它们一定是在植株内部生长，然后以一种——对于植物世界而言——爆炸般的速度伸出来的。赫拉克勒斯惊讶地瞪着这一切，更加细心地照顾它。

到了晚上，他正给兰花浇水、松土，突然注意到一个更奇特的现象。蔓藤正在变粗，而且并非完全静止不动。它们会抽动，动作虽然轻微，但明显错不了，仿佛它们本身拥有生命一样。就算赫拉克勒斯对植物充满了兴趣和热情，见到这一幕仍然感到阵阵不安。

几天以后，这一现象更加明显。每当他接近兰花，蔓藤便会摇摇晃晃地伸向他，那样子实在叫人不安。兰花显出强烈的饥饿感，令赫拉克勒斯很不自在，心里总好像有个声音在嘀嘀咕咕。过了好久，他终于想起来了。他对自己说："对啊！我怎么这么笨啊！"随即跑到当地图书馆，花了半个小时重读一段很有意思的小说——《奇兰花开》，作者是个叫H.G.威尔斯的家伙。

"我的天哪！"读完整个故事，赫拉克勒斯心中暗暗叫苦。书中的兰花会散发出令人昏厥的气味，迷晕它的猎物，他养的这一株还不会这一招，但其他特征简直一模一样。赫拉克勒斯回到家，心中依然忐忑不安。

029

他打开温室大门,站在门口,目光沿着绿色植物排成的"林荫大道"一路游移,最后落到那株珍稀品种身上。他估算着蔓藤的长度——他发现自己已经改口叫它"触手"了——小心翼翼地走到安全距离以外。兰花确实给人一种印象:它很警觉,很危险,更像是动物,而非植物王国中的一员。赫拉克勒斯想起弗兰肯斯坦博士的不幸遭遇,心中更不开心了。

可是,也太荒唐了!现实生活中怎么可能发生这种事?好吧,只要做个试验不就清楚了……

赫拉克勒斯走进屋子,几分钟后返回,手里拿着一根扫帚柄,顶端戳着一块生肉。他感觉自己非常傻,对方明明只是一株兰花,他却表现得像在开饭时间一步一步靠近一头狮子的驯狮人。

一开始,什么事都没发生。随后,两条触手不安地鼓噪起来。它们开始前后摆动,兰花似乎下定了决心。突然,触手迅速扬起,速度之快,令赫拉克勒斯眼前一花。它们缠住生肉,赫拉克勒斯只觉木棍顶端传来一股巨大的拉力。接着,肉块不见了——兰花紧紧地抱着它,如果硬要打个比方,就像饿鬼把肉护在胸前。

"哎哟我的天呀!"赫拉克勒斯吓得大叫,他还从没用过这么强烈的语气词。

接下来二十四小时里，兰花没有显出进一步的生命迹象，它在等待肉块变质腐烂，同时生长出自己的消化系统。第二天，一套形似须根的网状茎蔓已然包裹住隐约可见的腐肉。到了晚上，肉块不见了。

兰花第一次尝到了血腥味。

赫拉克勒斯在观察自己的杰作时，心情很复杂，他已经做了好几次噩梦，还预见到一系列可怕的后果。兰花现已长得十分粗壮，如果被它抓住，他就完蛋了。不过，当然了，他不会让自己陷入一丁点儿危险当中。他设计了一套浇灌系统，这样就可以站在安全距离之外为它浇水了。喂它那些不同寻常的食物时，他也只是把东西扔到它触手可及的范围之内。现在它每天能吃一磅肉，令人不安的是，他感觉只要有机会，它肯定吃得下更多。

总体而言，这么一个植物学上的奇迹落到他手中之后，赫拉克勒斯良心的不安超过了心中的惊喜。不论何时，只要他愿意，他都能成为世界上最著名的兰花养殖者。但他从来不会像其他人那样把兰花当成宠物，他就是这么一个"目光短浅"的人。

如今兰花已有六英尺高，但它还在长——只是长势比从前慢多了。其他所有植物都被挪到温室另一端，因为赫拉克勒斯害怕它会吃人，不希望自己照看其他植物时遇到危险。他沿着中间过道拉起一道绳子，免得自己不小心走进那八条触手的地盘之内。

显然，兰花已经发育出一套高度完善的神经系统，相当于拥有了智能。它知道什么时候有人来喂食，还会表现出兴奋的样子，这绝对错不了。最神奇的是——尽管赫拉克勒斯不敢完全确定——它好像还能发出声音。有几次，在喂食之前，他似乎听到了一阵难以置信的高亢哨音，只是这声音几不可闻。新生的蝙蝠好像也能发出同样的声音——他想知道，这意味着什么？兰花是在用声音引诱猎物进入它的魔掌吗？如果是这样，它这本事似乎对他还不起作用。

赫拉克勒斯一边研究有趣的发现，另一边还要应付亨丽艾塔姑妈和她那群大猎狗，姑妈嘴上说它们不会在室内大小便，实际上完全不是那么回事。每个周日的下午，你都能听到她在街上大呼小叫，一条狗坐在副驾驶位，另一条则霸占了行李厢。然后就见她一步跨上两级台阶，打声招呼差点把他震聋，握起手来几乎把他捏成残废，张嘴直接把雪茄烟雾喷到他脸上。有一次，赫拉克勒斯以为她要吻他，结果被吓得半死。其实他早就知道，这么娘娘腔的举动根本有违他姑妈的天性。

亨丽艾塔姑妈看不起他种的兰花，眼神中总是带着不屑。

浪费时间躲在温室里摆弄花花草草在她看来是无味的消遣。一身力气无从发泄时，她会跑到肯尼亚猎场大杀四方，可这不会让赫拉克勒多斯喜欢她半点儿，他憎恨血腥的运动。尽管他对姑妈的厌恶与日俱增，可每个周末，他都会谦卑地为她奉上茶点，两人坐在一起亲切地聊天，至少从表面上看，他们亲密无间。亨丽艾塔绝对想不到，赫拉克勒斯为她倒茶时，恨不得在茶水里下毒。在她粗野的外表之下，实际上是一颗脆弱而善良的心，如果她知道一切，这颗心会被深深地伤透的。

赫拉克勒斯从没对亨丽艾塔姑妈提过他的"章鱼植物"。他有时会带姑妈欣赏最钟爱的花草，但这一次，他严格保守着秘密，或许他还没想好完整的恶毒方案，可他的潜意识已经在考虑了……

一个周日的深夜，捷豹车的轰鸣声在夜色中渐渐远去，赫拉克勒斯回到温室平复受伤的心灵，那个主意在他脑海中头一次完全成形。他盯着那株兰花，它的触手已有成人的大拇指粗细。这时，一幅令人开心的画面突然在他眼前闪现。他想象亨丽艾塔姑妈被这头怪物紧紧抓住，拼命挣扎，却无力逃脱食肉触须的缠绕。为什么不呢？这可是完美的犯罪呀。侄儿心急如焚地赶到，可是为时已晚，无法伸出援手，随后他发疯似的打电话报警，警察来了后，也只看到一场可怕的悲剧。没错，他们会清查现场，可在赫拉克勒斯悲痛的哭泣声中，法医的责难也将烟消云散……

他越想越喜欢这个主意，只要兰花配合，他想不出任何破绽。显然，最大的问题就是兰花本身，他要好好训练这株植物。食肉花的模样已经足够凶恶，他还要赋予它残暴的本性以和外形相称。

考虑到这事没有先例可循，也找不到专家指教，赫拉克勒斯只好自行制订几条看似合理又系统的方案。他把肉挂在钓鱼竿上，在兰花势力范围之外摇晃，引逗它疯狂地探出触手。每当这时，它那高亢的尖叫清晰可闻，赫拉克勒斯很好奇，它是怎么发出这种声音的？他还想知道，它的感觉器官在哪里？可这又是一个谜，不仔细研究很难搞清楚。如果一切顺利，亨丽艾塔姑妈或许有个短暂的时机能查出这些问题的真相——不过，恐怕她没有时间讲出来以造福子孙后代了。

毫无疑问，这家伙已经非常强壮，足以对付任何猎物。它曾把赫拉克里斯手中的扫帚柄一把抢过，似乎没用多少力气，木棒便在一阵"喊哧喀嚓"声中断成几截，训练员的薄嘴唇上露出一丝得意的微笑。他待自己的姑妈愈加体贴周到，从各个方面讲，他都像一个模范侄子。

赫拉克勒斯心想，他的"骑马斗牛士"战术已把兰花的捕猎激情调动起来,接下来是不是该用活饵训练了?这个问题困扰了他几个星期,在这期间,他每次上街都会虎视眈眈地盯着经过的狗和猫,可是最后,他放弃了。原因很简单,他心肠太软,下不了手。看来,只好让亨丽艾塔姑妈成为第一个牺牲品了。

在计划付诸实施以前,他先把兰花饿了两个星期。他只敢冒这么大的风险——又不想让这怪物过于虚弱——只是为了吊起它的胃口,让猎杀行动更有保障。然后,他端着茶杯回到厨房,坐到亨丽艾塔雪茄烟的下风处,看似漫不经心地说:"姑姑,我想带您去看样东西。我一直保密,就是想给您一个惊喜。您看了一定会高兴死的。"

他想,这个说法不是特别准确,不过大体上是这个意思。

姑妈把雪茄从嘴边拿开,眼睛看着赫拉克勒斯,脸上写满了惊讶。

"好啊!"她粗声大气地说,"见证奇迹的时刻到了!你搞到什么好东西了,小坏蛋?"说着,她一巴掌拍在他后背上,把他肺里的空气全震出来了。

"你永远不会猜到的。"赫拉克勒斯咬紧牙关,他终于喘过气来,"在温室里。"

"哦?"姑妈一脸迷惑。

"没错——请这边走,来看看吧。一定会让您大开眼界。"

姑妈从鼻子里哼出一声,这是表示怀疑的意思,但她什么也没问,只是跟在赫拉克勒斯身后。两条德国黑背正在撕咬地毯,它们不情愿地看着女主人,四条腿半蹲半起,于是她大手一挥,叫它们坐回去接着玩。

"很好,孩子们。"她粗声粗气地下命令,"我一会儿就回来。"

赫拉克勒斯心想:这可不大可能了。

这时,天色已然黑透,温室里没有灯光。两人走进温室,姑妈抽了抽鼻子:"我的天!小赫,这地方臭得跟屠宰场似的。上次在布拉瓦约打完大象之后,我就没闻过这种味儿。那次我们找那家伙找了一个星期!"

"不好意思,姑姑。"赫拉克勒斯一边道歉,一边推着她朝黑暗深处走,"我用了一种新型肥料,效果惊人啊。别停下——还有几码。希望这是一个真正的惊喜!"

"我只希望你不是开玩笑。"姑妈疑惑地说,脚步咚咚地继续朝前走。

"我保证,绝不是开玩笑。"赫拉克勒斯回答。他站住了,手放在电灯开关上。他能看到兰花若隐若现的阴森黑影——姑妈离它不到十英尺远了。等到她走进危险地带,他一把点亮了电灯。

灯光骤然亮起，仿佛一切都冻结了一般。亨丽艾塔姑妈钉在那里，两手叉腰，面前便是那株巨大的兰花。这一刻，赫拉克勒斯突然害怕起来，他担心姑妈会吓得后退，而兰花却来不及发起攻击——可他看到，她正呆呆地望着兰花，不知在她心里，这会是个什么鬼东西？

足足五秒钟之后，兰花终于动了。悬垂的触手快如闪电——却不是按照赫拉克勒斯的心意向外伸出。兰花的触手紧紧地、防卫似地，将自己缩成一团——同时发出一声高亢的尖叫，声音中充满了恐惧。一瞬间，赫拉克勒斯见识到丑陋的真相，他的梦想破灭了。

他的兰花是一株彻头彻尾的胆小鬼。它也许能对付亚马孙丛林中的野兽，可突然出现的亨丽艾塔姑妈让它吓破了胆。

至于它的"牺牲品"呢？亨丽艾塔姑妈还在惊讶地看着它，随后，她的心情迅速转变了。她以后脚跟为轴转了个圈，伸出手指指向她的侄子。

"赫拉克勒斯！"她大声咆哮。"这可怜的孩子连想死的心都有了。你是不是欺负它了？"

他只好低垂着头，满脸羞愧和懊丧。

"没……没有，姑姑。"他嗫嚅着，"我猜它天生胆小。"

"好吧，驯服动物我在行，你早该叫我来了。你必须严厉些——还要温柔。善心总是有用的，只要让它明白谁才是主子。乖，乖，天啊——别怕姑妈——我不会伤到你……"

这也太离谱了，赫拉克勒斯满心绝望。亨丽艾塔姑妈温柔得令人惊诧，她在安抚那株兰花，轻轻拍打，缓缓抚摸，直到它的触手放松，刺耳的尖叫平息下来。几分钟后，它终于不再害怕了。它探出一根触须，迎合着亨丽艾塔粗大手指的抚摸。赫拉克勒斯再也控制不住，憋着哭声跑了出去……

从那天起，他垮了。更糟的是，他再也走不出蓄意犯罪的阴影了。亨丽艾塔姑妈得到了一只新宠物，她不再满足于周末才来，而是一周要来两三次。显然，她不相信赫拉克勒斯会善待兰花，反而怀疑他在欺负它。她还带来了好吃的，尽管她的狗对那些东西不屑一顾，兰花却喜欢得不得了。只是那股味道已经不限于温室，开始慢慢地渗入整间房子……

就这样。哈利·珀维斯总结道，他终于讲完了这个荒谬的故事。最后的结果是——对于各方来说，至少有两方很满意。兰花很幸福，亨丽艾塔姑妈又有了可以发挥爱心的新玩具（有人有疑问吗？）。那东西时不时就会精神崩溃，哪怕一只老鼠钻进温室,她也得冲进去安抚一番。

至于赫拉克勒斯,他已经没有机会给另外两位制造任何麻烦了。他好像渐渐变成了一种麻木的植物——实际上,哈利意味深长地说,他本人越来越像一株兰花了。

当然,是那种老实无害的品种……

安全调查

经常有人说，如今是工业流水线和大批量生产的时代，至于过去那些专业技工，那些用木料和金属创造无数珍宝的艺术家，已经永无立足之地了。一般来说，这种话都是错误的。当然，这样的人已经很少见了，但他们没有灭绝。他们不得不经常变换职业，但他们的适应力极强，所以生命力旺盛。即便是在曼哈顿岛，你依然可以找到他们，前提是你要知道上哪儿去找。要找那些租金低廉、消防法规照顾不到的地方，比如公寓楼的地下室，或是废弃工场的阁楼，在那里，或许你便能发现他们逼仄、凌乱的手工作坊。或许他们不再制作小提琴、布谷鸟钟和音乐盒，可他们精湛的手艺一如既往，造出的作品绝无雷同。他们并不抵触机械化——在他们的工作台上或零散的材料堆里，你总能找到几件电工器具。他们经常搬家——他们四处流动，身怀绝技，以零工为生，却永远意识不到，在他们手中，生产出了无数永垂不朽的艺术珍品。

汉斯·穆勒的手工作坊就是一间位于废弃仓库后的大屋，你站在皇后区大桥用力丢一块石头，就能扔进他的作坊里。附近多数建筑都已登记在册，时刻准备拆除，汉斯早晚又得搬家。要进入工厂唯一的大门，首先要穿过杂草丛生的院子，白天，那里被当作停车场，夜里则是附近不良青年的集结地。但他们不会找汉斯的麻烦，因为他跟警察的关系搞得不错，定期检查时双方"合作"态度积极。汉斯灵巧地游走于黑白两道之间，各方面都打点得非常好，警察很赏识他，不会向他施加任何压力。身为守法公民，他的表现相当出色。

汉斯目前的工作，会让他的巴伐利亚祖先迷惑不解。实际上，若是在十年以前，汉斯自己也会深深困惑。而这一切的起因，不过是一个破产的客户，因为付不起雇用汉斯的工钱，只好送给他一台电视机……

汉斯收下电视机时很不情愿，他不是个老古董，也并非讨厌电视机，只是心想：自己哪有时间看这鬼东西嘛？但他又一转念，至少，这玩意儿也能卖个五十美元吧。但在卖掉之前，还是看看有什么节目好了……

他伸手按下开关,屏幕上出现了活动的画面——结果,就像之前的无数人一样,汉斯深陷其中。他进入了一个从没听说过的世界——这个世界里有战斗飞船,有奇异的行星,还有神奇的外星人——实际上,这个世界属于扎普船长,太空军团的最高司令官。

只有在播放乏味的赞助广告("伟大的'嘎嘣脆'!神奇的谷物食品啊!")和几乎同样乏味的拳击比赛(两个膀大腰圆的男人像签订了互不侵犯条约一样打架)的时候,那个世界的魔力才会渐渐退去。汉斯是个单纯的人,他一向喜欢童话故事——而电视里的现代童话,是格林兄弟做梦也无法想象的。所以,汉斯最终也没能卖掉电视机。

可是,几个星期后,当初的天真变得老成,不加批评的享受渐渐褪色。汉斯变得越来越生气,首先是因为那个未来世界里的家具和陈列摆设。前面我们说过,汉斯是个艺术家,所以他绝对无法接受一百年以后,人们的品位还会那么差,甚至退化到"嘎嘣脆"广告商的地步。

还有,虽然他没怎么考虑扎普船长及其对手该用什么武器,因为他不想冒充内行,对他们手中的便携式质子粉碎枪的工作原理指手画脚,可它们既然能开火,那为什么还要搞得如此粗陋?完全没道理嘛。再说了,人物的服装,还有飞船的内

045

部设计——根本没有说服力嘛。他为什么知道这些？因为他一直对日常事物的发展演变保持着高度关注，就算是幻想领域，他的想法依然适用。

我们刚刚说过，汉斯是个单纯的人，同时也是个感觉敏锐的人。他早就听说做电视节目很赚钱，于是他坐下来，开始着手画图。

汉斯·穆勒的主意令《扎普船长》的制片人眼前一亮，当即坐直了身子。其实，他早就对他手下的道具布景设计师失去了耐心。汉斯的设计里有一种真实感，充满了写实主义风骨，令人印象深刻，在剧集的幻想元素中脱颖而出。要知道，就连《扎普船长》最狂热的粉丝也开始讨厌原来的风格了。汉斯当场得到聘用。

不过，汉斯开出了自己的条件。纵然当前的工作比他从前一辈子所赚的钱还要多，他所做的一切也都是出于爱。他不召助手，还留在原来的小作坊里。他只想制作模型，完成基本设计。至于大批量生产，就拿到别的地方去做吧——他是个手艺人，而非批发商。

工作进展一切顺利。在过去六个月里，《扎普船长》彻底改头换面，如今已令其他太空歌剧题材的对手深感绝望。观众们认为，它已经不仅仅是有关未来的电视连续剧了，它就是未来本身——这一点毫无异议。就连该剧演员都受到了全新拍摄环境的影响——走出电视荧屏，他们有时就像来自20世纪的时间旅行者，一不小心滞留在维多利亚时代，令他们愤愤不平，因为他们无法再使用"生活"中不可或缺的某些小玩意儿了。

可是汉斯对此一无所知，他幸福地沉浸在工作之中，除了制片人，谁的面也不见，一切工作事务全由电话联系——他只看最后的结果，以确保他的设计行之有效。唯一能将他与商业电视节目里的幻想世界联系起来的，只是扔在作坊角落里的一箱"嘎嘣脆"。那是感激涕零的赞助商送来的礼物，他只咬过一口，当然没忘了表示谢意，毕竟，吃这玩意儿人家没收他钱。

一个周日的晚上，他工作到很晚，正在给新设计的太空服头盔做最后的润色。这时，他突然发现有人进来了。他在工作台前慢慢转过身，看向大门。门本来是锁着的——可不知怎么无声无息地开了，门口站着两个人，一动不动地看着他。汉斯的心脏提到了嗓子眼，好容易才鼓起勇气面对两个不速之客。谢天谢地，还好他身上没多少钱，可他不知道，这究竟算不算好事，如果他们恼羞成怒……

"你们是谁？"他问道，"到这儿想干什么？"

其中一人朝他走来，另一人留在门口观察外面的动静。他们都穿着全新的大衣，头顶的帽檐压得很低，汉斯看不到他们的脸。他心想：这两人穿得如此气派，肯定不是普普通通的小毛贼。

"没必要害怕，穆勒先生。"近前那人回答道，他毫不费力就看穿了汉斯的心思，"这不是抢劫，而是公事。我们来自——安全局。"

"我不明白。"

对方掀开大衣，取出一只文件夹，打开后掏出一沓照片。他像洗牌似的快速翻找，最后抽出一张照片。

"你让我们相当头疼啊，穆勒先生。我们花了两周时间才发现你的行踪——你的雇主真是守口如瓶。很显然，他们想把你藏起来，免得被竞争对手发现。可惜，我们还是找到了你。希望你能回答几个问题。"

"我不是间谍！"汉斯气恼地回答，他听出了来人的弦外之音，"你们不能这么做！我是忠诚的美国公民！"

对方不理他，只把照片递了过来。

"认识这个吗？"他问道。

"认识。这是扎普船长的飞船内部。"

"你设计的？"

"是啊。"

来人从文件夹中又取出一张照片。

"这个呢?"

"火星都市博尔达,这是空中俯瞰的景观。"

"也是你的主意?"

"那还有假?"汉斯回答,他火气上升,不由语气加重。

"还有这个?"

"哦,是质子枪,我的得意之作。"

"告诉我,穆勒先生——这些全是你设计的?"

"废话,我没剽窃过任何人!"

提问者转向他的同伙。两人商量了几分钟,声音很低,汉斯一个字也听不清。他们似乎就某些问题达成共识,密谈终于结束,而汉斯已经忍不住要去抓电话听筒了。

"很抱歉。"来人继续说道,"这是一起严重的泄密事件。也许只是个……呃……巧合,或许出于无意,但问题的严重性毋庸置疑,希望你能配合调查。请跟我们走一趟。"

陌生人的语气很有力度,透露出一种权威,于是汉斯一声不吭,找到外衣穿在身上。不知怎么的,他不再怀疑两位来访者的身份,也没有提出任何质疑。他有些担心,但并不特别惊慌。当然,情况已经很明显了。他想起一个传闻,在战争期间,有位科幻作家精准地描写了原子弹爆炸的场景,结果引起当局恐慌。有许多秘密研究正在暗地里进行,这种巧合难免会发生。他只是好奇自己"泄密"什么了？

走到门口时，他回头看看小作坊，还有跟在身后的两人。

"这是个可笑的错误。"他说，"就算我在电视节目里'泄露'了某些秘密，一切也都是巧合。我没做任何惹恼FBI的事。"

另一个来访者终于开口了。他的英语水平很差，口音也非常奇怪。

"FBI是啥？"他问道。

汉斯没听到他在说什么，他只看到一艘宇宙飞船。

神的九十亿个名字

"这个要求有点儿出乎意料啊。"瓦格纳博士说——他居然克制住了自己的情绪,真是难能可贵,"据我所知,这还是第一次有人提出要向西藏的寺院供应一台自动序列计算机。不是我喜欢问东问西,但我真的很难想象你们这种……呃……'宗教团体'会有使用这种计算机的需求。你能解释一下你们打算用它做什么吗?"

"非常乐意。"喇嘛回答道。他整理一下身上的丝质袈裟,小心翼翼地将刚才用来换算货币的计算尺放到一边,说道:"你们的马克V型计算机可以处理高达十位数以上的常规数学运算,但我们的功课比较特殊,我们更关注的是字母,而非数字。所以我们希望你们调整一下输出电路,让计算机打印出文字，而不是一串串数字。"

"我不太明白……"

"在过去的三个世纪里，我们一直在做这项功课——实际上，从喇嘛寺建成之日起就开始了。以你的思维方式，这事听起来可能有些不可思议，所以在我解释的时候，希望你不要有成见。"

"那是当然。"

"说起来其实很简单。我们正在编写一本名录，会把至高之神所有可能的名字囊括其中。"

"对不起，你说什么？"

"我们有理由相信，"喇嘛泰然自若地继续说，"在我们设计的字母表中，只要九个字母，经过排列组合，便能将神所有的名字都列出来。"

"你们已经做了三个世纪？"

"是啊。我们预计，完成这项功课大概需要一万五千年。"

"哦。"瓦格纳博士看上去有些恍惚，"现在我明白你们为什么要租一台计算机了。但你们做这个'功课'究竟有什么目的呢？"

喇嘛犹豫了片刻。瓦格纳不知道自己是不是冒犯了他，即便是，对方在回答时也没有表现出一丝一毫的火气。

"如果你愿意的话，也可以将它称为一种仪式，但这是我们信仰的基础。那位至高无上的存在有许多名字——上帝、耶和华、安拉，等等——不过这些都是人造的符号。这里将会涉及一系列复杂的哲学问题，我不打算在此进行争论。可你要知道，如果能穷尽所有字母，完成所有可能的排列组合，那么我们一定能找到那位至高神真正的名字。我们的功课就是要列举出所有的名字。"

"我明白了。你们是要从AAAAAAAA……开始，一直排列到ZZZZZZZZ……"

"完全正确——只不过我们用的是自己设计的一种特殊的字母表。这项功课很烦琐，所以我们打算借助于更加完善的电子设备。我们还需要设计相应的程序以剔除不合理的排列项。比如说，在一个名字中，同一个字母出现的频率不能超过三次。"

"三次？应该是两次吧？"

"是三次，没有错。你不明白我们的语言规律。就算你懂，要解释清楚恐怕也需要很长时间。"

"我想也是。"瓦格纳急不可耐地说，"请继续。"

"幸运的是，就功课内容来看，调整自动序列计算机是件相当简单的事。只要编程合理,它就可以把字母按照一定的规律排列好,再把结果打印出来。完成这项功课原本需要一万五千年,有了计算机,只要一百天就够了。"

瓦格纳博士几乎听不到从楼下曼哈顿大街传来的微弱噪音,他已经进入了另一个世界,周围只有天然形成的群山,全无人工斧凿的痕迹。在高山之巅的偏远寺庙里,僧人们正在耐心地工作着,一代接一代,把那些毫无意义的名字誊写到一本名录上。人类的愚昧当真没有极限吗?不过,这只是他内心的想法,一丝都不能外露。毕竟,顾客才是上帝嘛……

"没有问题。"博士回答,"我们可以让计算机把名录打印出来。不过我更担心安装和维护会比较麻烦。在几天之内把机器运到西藏可没那么容易啊。"

"我们会妥善处理的。计算机的部件都很小,完全可以空运——这也是我们选择马克V型的原因之一。只要你们把机器运到印度,剩下的运输环节交给我们就好了。"

"你还要在我们这儿雇两位工程师?"

"是的。计算机需要连续运行三个多月,要有专人维护才行。"

"我相信人事部会安排好的。"瓦格纳博士拿过桌上的便签本,潦草地记了几笔,"还有两件事……"

没等他说完，喇嘛便掏出一张小纸条。

"这是我在亚洲银行认证过的信贷余额。"

"谢谢。看起来……呃……足够了。最后一点……本来是细枝末节的小事，我还在犹豫要不要提——还是说吧，其实这事儿蛮重要的，却经常被人忽略：你们那儿用的是哪种电源？"

"一台柴油发电机，功率五十千瓦，电压一百一十伏。五年前就安装好了，至今运行良好。有了它，寺院里的生活变得更加舒适了。不过，当初安装它的目的是为了给转经筒的电动机提供动力。"

"当然，"瓦格纳博士回应道，"我早该想到的。"

凭栏极目远眺，山下的景色令人头晕目眩，但乔治·翰利已经见惯不怪了。已经过去了三个月，无论是高达两千英尺、直插深谷的巍巍断崖，还是偏远山谷中如棋盘般纵横交错的梯田，都已无法再让他提起兴致。他倚靠在被山风打磨得光滑如镜的石壁上，愁眉苦脸地盯着远处的群峰。至于它们叫什么名字，他一直懒得找人问。

真是的……我怎么会碰上这么倒霉的事儿？乔治心想。"香格里拉计划"！那些躲在实验室里的滑头们是这么叫的吧?几个星期以来,马克V型计算机吐出来的打印纸足能盖住几英亩的梯田,上面写的却尽是些莫名其妙的东西。还是冷冰冰的计算机有耐心啊,它把那些字母变着法儿地排列组合,拼了老命似的排完一组又排一组。记录纸源源不断地从打印机中涌出,那些和尚则把它们小心谨慎地切开,再装贴成一本本厚厚的大书。赞美上帝,再过一个星期就该完工了。还好和尚们只用了九个字母,而不是十个、二十个,甚至一百个。究竟是哪种晦涩的算法让他们如此笃定?乔治不知道。但他最近老是做噩梦,其中有一个更是挥之不去。在梦中,计划有变,一个高个儿的喇嘛(乔治和查克很自然地管他叫萨姆·杰菲[1],尽管他跟萨姆长得一点儿也不像)竟然宣布说计划将会延续到公元2060年。天哪,这种事儿他们绝对干得出来!

猎猎山风中,乔治听到厚重的木门发出"砰"的一声。是查克,他冲过来扑到乔治身边的栏杆上,像往常一样嘴里叼着雪茄,这副派头使得他在和尚中间很受欢迎——其实这些和尚很开明,他们能断大事又不拘小节,似乎很愿意享受生活的乐趣。最让他俩欣慰的是,那些和尚们在有些事上可能比较疯

---

[1] 萨姆·杰菲(Sam Jaffe,1891—1984):美国演员,曾与玛丽莲·梦露一同出演电影《夜阑人未静》,并凭借此片获得1950年威尼斯电影节最佳男演员称号及1951年奥斯卡最佳男配角提名。

狂,但绝不像清教徒那般古板。比如说,他们会经常下山,走路到那些偏远的村寨中去……

"听我说,乔治。"查克急切地说,"出事了,咱们有麻烦了。"

"怎么了?计算机出故障了?"乔治能想到的最坏的事莫过于此。这将会推迟乔治回家的时间,再没有比它更可怕的事了。现在的他,哪怕看一眼电视广告都像吃到了天赐的灵粮吗哪,那东西至少会让他有一种到家的感觉。

"不——不关计算机的事。"查克扶着栏杆站直身子,这个举动很不寻常,平时他是有畏高症的,"我算搞清楚这一切都是怎么回事了!"

"什么意思?咱们不是已经知道了吗?"

"是啊——咱们知道这群和尚在干吗,但你知道他们为什么这么干吗?这事儿简直疯得没边了……"

"你知道什么就快说呀!"乔治忍不住大吼起来。

"……老萨姆刚才一五一十地对我讲了。你也知道,每天下午他都会顺道来看看新的打印纸。可是今天他显得特别兴奋,好像马上就大功告成了似的。我对他说,程序还需要最后运行一次,结果他问我,就用那种特别可笑的英国口音问,我是不是特想知道他们在干啥,我说'没错'——然后他就说了……"

"继续，别卖关子了。"

"好吧，他们相信，一旦把神的名字都列举出来——据他们估计大概有九十亿个——神的旨意便会得到彰显，人类的使命也就完成了。他们说神创造人类就是为了这个目的。实际上要我说，这个想法本身就是一种亵渎。"

"那他们想让咱们怎么办？自行了断？"

"没那个必要啦。只要名录完成，神就会介入。然后……砰！一切就都结束了！"

"哦，我明白了。一旦任务完成，就是世界末日。"

查克神经兮兮地笑了一下。

"我也是这么对萨姆说的，结果你猜怎么着？他用一种特别古怪的眼神看着我，就像当老师的看着他的傻学生，说：'是啊，那又如何？'"

乔治想了一会儿。

"真是大开眼界啊！"他说，"那你说咱们怎么办？我也觉得没什么大不了的。咱们早就知道，他们已经疯得够可以的了。"

"我懂——可你看不出会发生什么事吗？如果名录完成，末日的号角却没能吹响——不管他们期待的是啥吧——他们很有可能迁怒于咱们。他们用的可是咱们的计算机啊。我一点儿也不希望发生这种事。"

"我明白了。"乔治慢慢地说,"这才是你最担心的。不过,你知道吗?这种事早就发生过。我小时候住在路易斯安那州,当地有个传教士走火入魔了。有一次他说,世界将于下周日毁灭,有好几百人相信了他——他们甚至连房子都卖了。结果当然是什么都没发生,但他们和你想的不一样,没有一个人歇斯底里。他们只是认为传教士把日子算错了,还是一如既往地信任他。我猜直到现在,他们当中有些人还是这么想的。"

"喂,你也别忘了,这儿可不是路易斯安那。和这百十多个和尚待在一起的只有你和我。我很喜欢他们,一想到老萨姆毕生的心血都将化为乌有,我也很难过。但不管怎么说,我可不想在这儿继续待下去了。"

"几周以前我就想走了。可咱们现在什么都做不了,除非合同期结束,才会有飞机来接咱们。"

"那倒没错。"查克想了想说,"但咱们总可以搞点儿破坏吧?"

"破坏个屁啊?你就别再搅浑水了!"

"我不是那个意思。你想想啊,从现在起,就算计算机每天只运行二十个小时,再有四天,工作就结束了。而飞机要一周以后才能来,对吧?咱们只要在例行检查期间,找点儿零部件要求更换——能拖上一两天就行。当然了,咱们最终会帮他们完成工作,只是稍微磨磨时间。如果时间算得正好,等最后一个名字从寄存器里蹦出来,咱们已经下山赶到机场了。到那时,他们想找咱们也找不着了。"

"我不喜欢这个主意。"乔治回答,"入职以来,我就没干过这种事。再说,这么做会让他们起疑心的。算了,我还是听天由命,看看到底会发生什么吧。"

"我还是不喜欢这个主意。"七天以后,乔治依然这么说。这时,他和查克正骑着健壮的山地矮马走在蜿蜒崎岖的山路上。

"你别以为我急着离开是因为害怕,我不过是为山上那些老和尚感到难过。还有,我是不想一直待在庙里,他们终究会发现这一切都是咱们搞的鬼。不知道萨姆到时会怎么看咱们?"

"你可真好笑。"查克回答,"对他说'再见'的时候,我就很清楚,他知道咱们就要离开了——但他根本不在乎,因为他知道,计算机正在平稳运行,任务马上就会结束,然后——哦,当然了,对他来说已经没有'然后'了……"

乔治坐在马鞍上扭过头去,顺着山间小路向后方张望。现在他还能清晰地看到喇嘛寺的身影,若是再往前走,就永远也无法再见了。低矮的寺院棱角分明,山间夕照的余晖为它勾勒出一道黑乎乎的剪影——寺院各处的窗棂中均有灯光闪烁,远远望去仿佛大海中远洋航轮的舷窗。没错,那都是电灯,正与马克V型计算机共享同一条输电线路。但它们还能共享多久呢?乔治心想,和尚们得到结果之后,在暴怒和失望之余,会不会把计算机砸个粉碎?还是说,他们会静静地坐下来,重新开始新一轮的计算?

就在这一刻,山上会发生些什么,他心里知道得很清楚。那个高个儿喇嘛和他的助手一定会身披丝质袈裟,正襟危坐,监督着其他小和尚将记录纸从打印机上取下,装贴成厚厚的书卷。没有人多说话,马克V型计算机虽然每秒钟可以进行数千次运算,但它本身却静谧无声。寺院里只回荡着绵绵不绝的诵经声,还有打印机的墨针敲打在纸张上发出的沙沙声,听起来一如永不停歇的雨滴。已经三个月了,乔治心中暗道,这么长的时间,简直让人发疯啊。

"她在那儿!"查克大喊着指向下方的山谷,"瞧她多漂亮啊!"

确实够漂亮,乔治心想。那架饱经沧桑的老式DC3型客机正伏卧在机场跑道的尽头,远远望去仿佛一枚小巧的银色十字架。只要两个小时,她便能载着他们远离这不毛之地,奔向自由与文明的国度。小矮马在陡峭的山坡上步履维艰,乔治在马背上左摇右晃,心中却好似痛饮了一杯醇厚的利乔甜酒,美梦在脑海中滚动、盘旋,让他深深沉醉。

高高的喜马拉雅山上,夜色来得总是这么急,转眼间便笼罩了他们。幸运的是,到了这个地段,路况已经相当好了。他俩举起手中的火把,前方再无任何危险,唯独乍起的寒意令人稍感不适。头顶的天空清晰异常,熟悉的群星眨动着友善的目光。乔治终于放下心来,这么好的天气,驾驶员绝不会拒绝起飞。这本是他唯一担心的事,现在看来纯属多余。

他甚至开口唱起歌来,但很快就闭了嘴。四下群山巍峨,微光闪烁,峰峦若隐若现,好似头戴白色纱巾的幢幢鬼影,当头浇灭了他的一切兴致。这时,乔治看了一眼手表。

"再有一个小时就能到机场了。"他回头对身后的查克大声说,然后他想了想,又加了一句,"不知道计算机算完没有,按道理现在应该差不多了。"

查克没有回答,乔治在马鞍上摇摇晃晃地扭过身。他看到了查克的脸——那张毫无血色的椭圆形大脸正仰面望向天空。

"瞧啊。"查克低语道。乔治也抬起头,看向夜空(凡事终有尽时)。

穹苍之上,一片寂寥,群星慢慢地闭上了眼睛。

被遗忘的敌人

米尔沃德教授在窄小的床上猛然坐起,厚厚的毛皮大衣轻飘飘地落到地上。他敢肯定,这一次绝不是做梦。冷空气粗粝地灌入肺叶,震撼夜空的那声巨响依然残存着隐隐回声。

他捡起毛皮大衣披在肩上,竖起耳朵仔细倾听。一切都已安静下来——月光自西墙的几块窄窗射入,长长的光柱映照在几排仿佛无边无际的书脊上,正如它映照着楼下的死城一般。万籁俱寂,在古老的岁月里,夜幕下的城市也是一派安宁,如今更是寂静得有些离谱。

虽然疲惫不堪,米尔沃德教授还是下定决心摇摇晃晃地下床,捡起几块焦炭扔进红彤彤的火盆。然后他慢慢走向最近的窗子,途中不时停下,伸手深情地拂过一本本图书,这些年来他一直保存着它们。

他抬手遮住耀眼的月光，凝视着黑夜。天空万里无云——他听到的巨响不知是什么声音，但绝不是雷声。巨响来自北方，他正等着，声音再次传来。

遥远的距离，还有阻隔在伦敦城外远处的群山，使声音渐渐减弱。它不像放纵的雷声在整个天际回响，更像是来自偏远北方的某一处。这声音也不像他听过的任何自然之声，过了片刻，他真想再听一次。

他相信，只有人类能制造出这种声音。他屈身在这些文明的宝藏中间，已经做了二十多年的梦，或许这将不再是梦想了。人类正在返回英格兰，手持宇宙尘席卷世界之前、科学赐予他们的武器，在冰雪之间清出一条道路。奇怪的是，他们为什么会走陆路，并且是从北方归来呢？但他把这些想法抛到脑后，免得浇灭刚刚燃起的希望之火。

脚下三百英尺处，冰雪覆盖的重重屋顶犹如一片支离破碎的海洋，笼罩在清寒冷冽的月光之下。数英里开外，巴特西发电站那几根高耸的烟囱在夜空中微光闪烁，仿佛清瘦的白色鬼魂。由于圣保罗大教堂的穹顶已在积雪重压之下倒塌，如今只剩下它们还在挑战上苍的权威。

米尔沃德教授沿着书架慢慢往回走，还在思考已在脑中成形的计划。二十年前,他看到最后一架直升机艰难地从摄政公园起飞,螺旋桨在飘扬的雪花中不停地翻搅。即便那时,当寂静将他紧紧包裹时,他依然不相信北方已经永远地被人遗弃。可是,他独自一人,在用生命换回的图书中间流连,已有整整一代人的时间了。

最初一段时间里,他在无线电中听到一些传闻,那是他与南方有所联系的唯一方式。在赤道地区,也就是如今的"温带",人们为了建立殖民地而相互争斗。他们在行将消失的丛林中绝望地拼杀,跨过已经飘起第一片雪花的沙漠。他不知道远方的战斗结果如何,也许他们已经失败,无线电中已有十五年甚至更长时间没有任何消息了。不过,如果人类和机器确实从北方——不管哪个方向吧——归来,他应该会再次听到他们的声音,他们会彼此交谈,还会谈到他们来自何方。

米尔沃德教授每年只离开大学建筑十几次,然后一直等到必须的时候才会出门。过去二十年里,他每一样生活必需品都是从布鲁姆伯利区的商店里找来的,在最后一次大迁移期间,由于运输工具匮乏,大量库存的必需品被遗留下来。实际上,在许多方面,他的生活都堪称"奢侈"——就连衣服都是由牛津街皮草商"供应"的,历史上还没有哪位英国文学教授穿过如此昂贵的上等货。

太阳在晴朗无云的天空中闪耀着光辉,他背起包裹,打开大门。十年前,这个地区还能见到成群的饿狗在狩猎,近几年则看不到了,可他依然保持警惕,每次走上大街时都要随身携带一把手枪。

阳光闪亮,反射的光辉刺得他双眼生疼,身上却感受不到半点儿热量。尽管宇宙尘埃带已经掠过太阳系,太阳的光线看起来与以往没什么不同,可它的热力早已被洗劫一空。没有人知道世界气候回暖需要十年还是一千年,人类文明早已赶往南方去寻找一片新天地,希望在那里,"夏天"一词不再是空洞的笑谈。

最近几场雪把道路堆得满满当当,但米尔沃德教授没费多少力气就走到了托特纳姆法院路。有时,他要花上几个小时才能挣扎着穿过雪地,还记得有一年,他在一座巨大的混凝土瞭望塔里被困了整整九个月。

有些大楼的屋顶堆满沉重的积雪,房檐上挂着一排排冰溜子,仿佛高悬的达摩克利斯之剑。他尽量远离这样的房子,一直往北走,终于来到他要找的商店。空洞洞的窗口上方,商店的招牌文字依然醒目——"詹金斯父子店,专营无线电与电气产品、专业电视设备"。

经由屋顶一处破口,积雪已经堆进了店铺,不过楼上的小房间仍和十二年前他最后一次拜访时一模一样，桌子上还摆着全波段无线电收音机。他曾在这里度过一段孤独的日子，直至所有希望化为乌有，空空如也的罐头盒随意丢弃在地板上，默默诉说着这一切。他不知道自己有没有必要再经历一次同样的考验。

米尔沃德教授挥手拂去《业余无线电手册（1968年版）》上的雪末，这本书曾指导过他这个无线电门外汉。试验仪表和电池还躺在几乎被人遗忘的角落里，令他欣慰的是，有些电池还能用。他翻遍仓库，接好必要的电源线，尽其所能检查了收音机。他准备好了。

很遗憾，他永远没法向无线电制造商表达他的谢意了。扬声器里传来微弱的嘶嘶声，唤醒了他关于BBC的回忆，只是从九点新闻播报到交响音乐会，所有与这个世界相关的事物都已如梦消散。他的心情变得烦躁，情绪无法控制，他迅速搜遍所有波段，但广播中除了没完没了的嘶嘶声，其他什么都没有。这一点令人失望，但仅此而已——他明白，真正的考验要等到晚上。在这期间，他还得搜刮附近的商店，寻找任何有用之物。

他返回楼上小屋时，天色已近黄昏。太阳下山后，在他头顶上方一百英里高处,脆弱稀薄、无形无质的赫维赛德层①将会向外围朝着群星方向扩张。于是数百万年间,每到夜晚,它便会成倍发挥功效,可人类直到半个世纪前才学会如何对其加以利用,比如,向世界各地发送或仇恨或和平的信息,与他人共谈凡尘琐事,演奏一曲曾经名为"不朽"的乐章……

带着无限的耐心,米尔沃德教授开始慢慢调试短波波段,二三十年前,这些波段里还充斥着嘈杂的惊叫声和混乱的莫尔斯电码。他仔细地听着,随着时间流逝,心中怀抱的渺茫希望渐渐消失。城市本身一片沉寂,仿佛一度喧嚣的以太海洋,只有从半个世界以外传来的模糊的雷暴声打破了死寂。人类已经遗弃了最后的征服之地。

午夜过后,电池电量耗尽。米尔沃德教授再也没有心情继续搜寻,于是蜷缩在毛皮大衣里,心烦意乱地睡了。他心想,虽说没能证明他的计划可行,可也没能证明不可行呀,这倒给了他一些安慰。

第二天,他开始往回走,毫无热度的阳光笼罩在荒凉的白色大道上。他感觉很累,本来前一夜就没睡好,刚刚睡着又从

---

① 赫维赛德层:英国物理学家奥利弗·赫维赛德(Oliver Heaviside, 1850—1925)为解释无线电波发射现象,猜想大气中有一层导电物质。1923年,该猜想得到证实,于是这层大气被称为肯涅利-赫维赛德层。

梦中惊醒了——他经常会梦到救援到来时的情景。

城市的宁静被打破了,远方的雷声突然响彻雪白的屋顶。它来了——这一次毫无疑问——从曾是伦敦游乐场的北部群山那边滚滚而来。两侧高楼顶端的积雪簌簌滑落,好似迷你的雪崩,倾注到宽阔的街道上。随后,又是一片寂静。

米尔沃德教授呆呆地站着,他在权衡,在思考,在分析。这声音持续良久,不可能是普通的爆炸——他又开始做梦了——这简直就是远方原子弹爆炸引起的雷鸣,每一次都能炸飞并融化百万吨积雪。他的希望再次苏醒,昨晚的失望情绪渐渐消逝。

短暂的原地停留几乎要了他的性命。从附近的侧街里突然蹿出一只巨大的白色猛兽,转眼就冲进他的视野。那一刻,他的脑子里一片空白,简直不敢相信自己的眼睛。但他迅速缓过神来,手忙脚乱地掏出无用的手枪。那东西甩开脚步,穿过积雪向他扑来,脑袋左右摇晃,仿佛被催眠了似的,居然是一头硕大的北极熊。

他丢下一切可扔之物,转身就跑。他在雪窝里挣开脚步,逃向最近的建筑。谢天谢地,地铁入口距此只有五十英尺。铁栅栏是关着的,可他记得几年前就把锁弄坏了。他强忍住回头察看的冲动,因为他什么也听不见,不知道后面追来的家伙离他有多远。糟糕的是，他的手指僵硬麻木，铁栅栏怎么也打不开。终于，它不情愿地张开一道窄缝，他用力挤了进去。

一段童年记忆不合时宜地冒出头，他曾经见过一只白化变种雪貂在铁丝笼子里不停地舞动身子。今天这一幕再度上演，对方长着同样优雅的皮毛，只是块头更壮硕，几乎有成人的两倍高，正用后足站立，对着铁栅栏发泄怒火。在它的撞击之下，栅栏扭曲变形，还好没被撞倒。不一会儿，北极熊四肢着地，轻声打着呼噜，渐渐走开。它用前爪挥了一两下便撕开教授的背包，几听食品罐头散落在雪地里。它无声无息地消失了，正如它无声无息地出现。

米尔沃德教授从一幢建筑逃到另一幢，辗转三个小时才赶回大学校园，这时他依然浑身发抖。经过这么多年，他在这座城市里终于有伴儿了，不知道城里还有没有其他访客。当天晚上，他得到了答案。天亮以前，他清清楚楚地听到了，就在海德公园的方向，狼嚎声一阵阵传来。

一周以后，他发现这些来自北方的动物也在迁徙。有一次，他见到一头驯鹿向南方跑去，身后跟着一群悄无声息的狼，有时在夜间，他还能听到拼死撕咬的声音。他很惊讶，原来还有这么多动物生存在伦敦与北极之间的白色荒原里。如今，正有什么东西把它们向南方驱赶，这个消息让他十分振奋。他相信，让这些凶猛的野兽都害怕的，只能是人类。

焦急的等待开始渐渐影响米尔沃德教授的心智，他常常在冰冷的日光下一坐就是几个小时，身上紧紧裹着毛皮大衣，幻想着救援到来的那一刻，想象人类会用哪种方式重返英格兰。也许这支远征队来自北美洲，他们横跨冰封的大西洋，花了好几年才抵达这里。但他们为什么大老远从北方绕过来呢？他认为最可信的原因是，大西洋的冰山不够结实，从南方过来不安全。

然而，还有一件事，他的解释无法让自己满意。为什么看不到飞机侦察呢？很难想象，人类的空中力量会在这么短的时间内彻底消失。

有时，他会在书架之间走来走去，口中不时窃窃私语，念叨着他最喜爱的书籍。多年来，有些书他都不忍心打开，生怕就此回忆起不堪回首的过去。不过现在，随着日照时间越来越长，阳光越来越明亮，他时常取下一本诗集，重新阅读最爱的诗句。然后他会走上顶楼，对着窗外大声朗读这些充满魔力的诗句，仿佛它们可以打破冰封整个世界的魔咒。

天气在回暖，失落的夏日幽灵似乎正在重新返回这片土地。现在白天的温度已升至零上，在许多地方，花朵顶开积雪渐渐绽放。不管是什么东西从北方而来，它已经接近了，一天里会有好几次，那神秘的巨响如奔雷般响彻整座城市，震得积雪从上千幢房子的屋顶滑落。米尔沃德教授感到诡异的暗流在四处涌动，令他困惑，甚至有些不安。有时，他好像听到两支强大的军团在交战；有时，一阵疯狂而又可怕的想法会涌进他的脑海，久久不愿散去。他常常在夜间惊醒，似乎听到了群山走向大海的声音。

夏天渐渐过去，随着远方战场的声音越来越逼近，在米尔沃德教授心中，希望与惊恐愈发频繁地交替出现，令他饱受折磨。尽管再也看不到狼或熊——它们应该都逃到南方去了——他依然不敢冒险离开藏身之处。每天早晨他都会爬到顶楼最高的窗子前，用双筒望远镜朝北方的地平线观望。可他只能看到汉普斯特德区顽强不屈的积雪，正在同太阳做最后的殊死一搏。

在短暂夏天的最后几天里，他的观察也到头了。夜晚的雷鸣声比以往更加接近，但没有任何迹象可以显示它与城市的真正距离。米尔沃德教授即便爬到窗前，抬起望远镜看向北方的天空，也依然什么也看不到。

教授躲在坚固堡垒的高墙之后，终于见到了不断前进的敌军，第一缕阳光映照在它们的矛尖上闪闪发光，这一刻，米尔沃德教授明白了一切。空气如水晶一般洁净，群山峰峦锐利，熠熠生辉，直指冰蓝色的天空。它们身上几乎不再有积雪覆盖，曾经的他见到这一切会欢欣鼓舞，可是现在，他已经笑不出来了。

一夜之间，被世人遗忘的军团再一次攻克了人类最后的防线，即将发起最后一次冲锋。末日群山的峰顶闪烁着致命的寒光，看到这些，米尔沃德教授终于明白，这几个月里，他听到的正是它们行军的声音。难怪他会梦到大山在行走了。

来自北方——远古的家园——迈着胜利的步伐再次踏上这块被征服过的土地，冰川回来了。

家有人猿

奶奶觉得这个主意简直糟透了。随后，她便怀念起人类仆人大行其道的日子。

"你居然以为……"她嗤之以鼻，"我愿意跟一只猴子住在同一屋檐下？那你可大错特错了。"

"别这么保守嘛。"我回答，"再说，朵卡丝也不是猴子。"

"那她……它是什么？"

我翻了翻生物工程公司的说明书。"奶奶，听听这个。"我说，"超级黑猩猩——注册商标潘·赛比恩斯[1]——是一种智

---

[1] 潘·赛比恩斯：Pan Sapiens，字面意为"泛智人"。

力发达的类人猿。它们在原始黑猩猩的血缘基础之上，经过选择性培育及基因修改……"

"我就说嘛！一只猴子！"

"……所以掌握了大量词汇，因此可以理解简单的命令，经过训练之后，还可以承担起所有家务和常规性的体力劳动。它们性情温顺、和平、卫生，尤其适宜照顾孩子……"

"孩子？让约翰尼和苏珊跟一只……一只大猩猩待在一起，你能放心吗？"

我叹了口气，把手册放到一边。

"你说到点子上了。朵卡丝很贵的，要是我发现那两个小坏蛋敢欺负她……"

幸好这时，门铃响了。"请您签字。"送货员对我说。我签好字，朵卡丝就这样走进了我们的生活。

"你好，朵卡丝。"我说，"希望你在这儿过得愉快。"

她眉骨高耸，下面长着一对大大的眼睛，忧伤地凝视着我。她只是外形比较独特而已，实际上，我见过有些人类长得还不如她呢。她大概有四英尺高，身宽差不多也有四英尺，穿着整洁而朴素的制服，看起来就像20世纪早期电影里的女仆，只是她光着脚，脚掌很大，遮住了好大一块地面。

"早安，太太。"她回应道，声音有些含糊，但足以让人听懂了。

"她能说话！"奶奶惊叫起来。

"是的。"我回答，"她现在能说五十多个单词，能听懂两百个词汇。和我们一起生活，她还能学到更多，不过到那时，我们必须在词汇表的42和43页上把她新学的新词标注出来。"我把说明书递给奶奶。这一次，她居然找不到一个单词来形容此时的感受。

朵卡丝很快便适应了这里。她已经受过最基本的训练——A级家务，外加照顾孩子的课程——而且表现非常好。头一个月过去之后，她几乎没有做不了的家务，从布置餐桌到给孩子换衣服，简直样样精通。只是最初，她有一个坏习惯，喜欢用脚拿东西。她的脚和手一样灵活，这是她的天性，我们用了好长时间才让她纠正过来——最后，还是奶奶的烟头起了作用。

她的脾气非常好，勤勤恳恳，认真谨慎，还从不顶嘴。当然了，她也不是特别聪明，有些工作需要讲解好久，才能让她掌握要点。我花了好几个星期，才算认清她也有智力上的局限，并渐渐接受了这一点。一开始，我老是把她当成人类来看待，当我们在一起时，还总会跟她聊一些女性之间的话题，结果自然是对牛弹琴了。不过，她对衣服总是显得很感兴趣，对颜色搭配更是着迷。如果我允许她随心所欲地打扮一番，她准会把自己弄得像刚从四月斋前狂欢节回来的难民似的。

当我发现孩子们也很喜欢她，这才松了一口气。我知道在别人眼里，约翰尼和苏珊是个什么样子，也知道他们说的基本都是实情。我的丈夫长时间不在身边，教育孩子确实是件棘手的事，更糟的是，奶奶已经背着我把他们给宠坏了。同样被宠坏的还有埃里克，只要他的飞船返回地球，我就得面对他的臭脾气。千万不要嫁给宇航员，最好离他们远远的。尽管他们薪水很高，可你们之间的热情很快就会被磨光。

这一次，埃里克自金星航线返回，积攒了三周的假期，我们的新"女仆"也已成为了家中的一分子。埃里克很快就接受了她，毕竟他已经在其他星球上见识过更多奇异的生物了。当然了，一听说雇用朵卡丝需要一大笔开销，他也是满腹牢骚。但我对他讲，现在大部分家务已经不用我来操持了，我们之间有了更多时间，还能出去拜访一下朋友——过去我们就发现，多拜访朋友有助于人际交往。我也想多花些时间用于社交，反正朵卡丝可以照顾孩子们。

虽然戈达德空港位于太平洋中心，可我们还是会有很多社交活动（自从迈阿密发生事故以后，所有大型发射站都被建在了远离人烟的地方）。来自世界各地——尤其是某些偏远角落——的旅游者和观光客络绎不绝，其中不乏大名鼎鼎的人物。

每个社交圈子里都会有一位名流，他/她是时尚与文化的代名词，会让所有竞争对手黯然失色，他/她总是被模仿，却从未被超越。在戈达德空港，这个人就是克丽丝汀·斯万森。她的丈夫是太空部的一位准将，而她从来不会让别人忘记这一点。每当有宇航舰船降落于空港时，她都会邀请基地里的所有官员，到她那座既时尚又仿古，有着19世纪风格的豪华宅邸里参加晚宴。一旦收到邀请，最明智的选择就是接受，除非你能找到一个绝佳的托辞，否则，还是硬着头皮去看克丽丝汀的油画吧。她自诩为一个艺术家，家里的墙壁上挂满了五颜六色的涂鸦。出于礼貌，大家只在私下里说，它们不过是克丽丝汀的晚宴上的公害之一；至于另一大公害，则是她那根一米来长的烟嘴。

在埃里克上一次飞向太空之前，克丽丝汀又有了一批新的"画作"——她还声称自己已经进入"方正"时代。"尊贵的来宾们，你们要知道，"她对我们解释说，"那些老旧的长方形油画已经过时很久了——它们与如今的太空时代格格不入。在外太空，上与下，水平与竖直，已经没什么区别了，所以在现代画的构图中，不应该再让一条边长于另一条边。为了追求完美，各边的长度应该保持一致，无论你怎么挂，效果都完全相同——目前我正在朝这个方向努力。"

"听起来很合理。"埃里克圆滑地说(毕竟,准将是他的上司)。等我们的女主人走远了,他又加了一句:"我不知道克丽丝汀的画挂的方向对不对,我只知道它们压根儿不配挂到这面墙上。"

我表示同意。结婚以前,我在一家艺术学院上了几年学,自觉在画画这方面也算有些造诣。我已经给足了克丽丝汀的面子,也该叫她长长见识了。我想起了自己的画布,它现在还尘封在车库里呢。

"你知道吗,埃里克?"我有些促狭地说,"只要我肯教,朵卡丝都能画得比她还好。"

他大笑起来:"那倒挺有意思,不如改天试试吧,看克丽丝汀会不会失控。"随后,我就把这事忘了个一干二净——直到一个月后,埃里克自外太空归来。

这场冲突的起因已经无关紧要了。那是一次有关社区发展的会议,我和克丽丝汀意见相左,各执一词。结果,同往常一样,赢家还是她。我火冒三丈地离开了会场,等我回到家时,第一眼看到的就是朵卡丝,她正在看一本周刊上花花绿绿的插图——于是我想起了埃里克说过的话。

我放下手提包,摘掉帽子,坚定地说:"朵卡丝,随我来车库!"

车库里堆满了没人要的玩具、从前的圣诞装饰物、潜泳装备、空空的包装盒，还有破损的工具（看来在埃里克飞回太空之前，他不会有空去收拾一下车库了）。我们费了好大的劲儿才翻出颜料和画架，还有几张尚未完成的油画，现在倒是可以重新开始了。我选中一张风景画，上面只有一棵孤零零的小树。我说："从现在起，朵卡丝，我要教你画画。"

我的计划很简单，但说句实话，不算太光彩。我听说在过去，猩猩只会用颜料在画布上一通乱涂乱抹，没有任何一只猩猩能画出真正意义上合格的画作，我敢说朵卡丝也不行。但没有人知道我会成为她的代笔，别人只会对她交口称赞。

再说，我也不打算彻底欺骗别人。我会设计构图，调好颜料，画好大部分画面，然后让朵卡丝像做其他家务一样照葫芦画瓢。我希望她能把画板上空余的部分都涂满，要是顺便还能创造出某种独特的技法就更好了。照我估计，如果幸运的话，她应该可以完成至少四分之一的工作，那样，我可以理直气壮地宣称这幅作品完全是她自己画的——就算是米开朗基罗和列奥纳多·达·芬奇，他们的某些"名作"不也是先由助手大体完成，然后才签上他们的大名吗？而我，就是朵卡丝的"助手"罢了。

但我必须承认还是有点儿失望。尽管朵卡丝很快就明白了应该怎么做，也学会了怎么使用画笔和调色板，可她画出来的东西简直没法看。她好像连该用哪只手画画都搞不清楚，经常把画笔由一只手换到另一只。到最后，画作几乎还是由我全部完成，她唯一的贡献不过是在画布上草草涂抹了几根线条。

当然，我原本就没指望朵卡丝上了几堂课就能变成艺术大师。没关系，哪怕她真的没什么艺术细胞，只要我稍加掩饰，让别人相信所有作品都出自她手，倒也不难。

我一点儿也不着急，这种事情本身也急不得。几个月后，朵卡丝速成艺术班终于交上了十几幅作业。所有作品的主题都精挑细选，十分契合戈达德空港这位超级黑猩猩大师的身份。比如说近海环礁湖的写生、我家房子的特写、夜间发射飞船的景象（全是一团团明亮刺眼的强光）、钓鱼时的场景，还有一片棕榈树林——没错，虽然尽是些老掉牙的题材，但绝不会让人产生怀疑。在朵卡丝来我家之前，除了饲养并训练她的实验室，我猜她没怎么见过外面的世界。

我把最棒的几幅画（有几幅确实很不错——毕竟，我的眼光还是很准的）挂在我家屋子里，几位到访的朋友想看不到都难。这些作品的画工堪称完美，朋友们见了都赞叹不已，我却"谦虚"地说不是我画的，然后他们就会发出一声惊呼："是真的吗？"有些人还会表示怀疑，但我很快便打消了他们的疑虑。我特意挑选了几位朋友现场观摩朵卡丝的创作——这些人对艺术几乎一窍不通，在他们看来，那些画不过是红色、金色和黑色颜料的抽象混搭，根本无法做出评价。在这种场合之下，朵卡丝的表现也是有模有样，就像一个电影演员在假装演奏一件乐器。

为了让大家把消息散播出去，我把最好的几件作品都送了人，在朋友们眼里，我只把这些画当成了有点儿意思的装饰品——同时送出的还有几丝"愠怒"。"我雇朵卡丝是让她给我干活儿，"我故作气愤地说，"不是让她开画展！"我还十分小心地避免把朵卡丝和克丽丝汀的画放在一起作对比，但我们共同的朋友会自行看到二者之间的差距。

后来，克丽丝汀来找我。名义上是因为上次争吵之后，她希望我们能像"两个明智的人"一样和解，但我很清楚她的真实目的。我们坐在客厅里喝茶，对面的墙上高高挂着朵卡丝最得意的代表作（一轮明月自环礁湖上升起——月色清凉、忧郁，充满神秘风情）。我诚恳地向她道歉。我们压根儿没谈到这幅画，也没谈到朵卡丝，但看着克丽丝汀的眼神，她心里在想什么我可是心知肚明。一周之后，她原本已经准备好的一场画展静悄悄地取消了。

据赌徒们说，在风头最盛的时候退出赌局才是明智之举。

如果当时我能静下心来想一想，我应该猜得到克丽丝汀不会就此善罢甘休，她迟早会还击的。

她选了个好时机。当时我的两个孩子正在上学，奶奶出去串门了，我则在小岛另一头的购物中心里闲逛。她应该先是打了个电话，证实我家里没人——家里的确没有"人"。我们早就告诉朵卡丝不要接电话，她刚来我家时试着接过，可惜到最后也没成功。就算是超级黑猩猩，在电话里一听也像个醉鬼，让他们接电话只会引发一系列麻烦。

我能推想出整个事情的来龙去脉——克丽丝汀开车到我家，因为我不在家而"备感失望"，于是不请自入。她没有浪费时间，而是直接去询问朵卡丝。幸运的是，为了预防这种情况，我已经和自家的类人猿女士演习过了。"是朵卡丝画的。"每次我们画完，我都会一遍又一遍地教她这么说，"不是我家太太，是朵卡丝画的。"到最后，我敢说连她自己都是这么认为的。

朵卡丝只能说五十个单词，再加上我对她的洗脑，应该能让克丽丝汀迷糊一阵子，但她不可能一直迷糊下去。朵卡丝生性温顺、驯服，克丽丝汀却是个直脾气，既然她下定决心要戳穿我俩串通好的骗局，那么她一定会径直闯入我家的车库兼画室。一旦发现真相，她肯定会非常满意，当然还会感到一点点惊讶。

半个小时后，我才回到家。一看到克丽丝汀的车子停在路边，我就知道事情不妙，我只希望自己回来得还算及时。我走进大门，却发现屋子里安静得有些诡异，我意识到已经晚了。但情况有点儿不对劲。克丽丝汀的嘴是闲不住的，就算身边只有一只黑猩猩当听众，她也会说个不停。对她来说，安静就像一张雪白的画布，必须要用她自己的声音来填满。

房子里一片死寂，完全没有生命的气息。我的心中油然升起一阵恐惧，不由得踮起脚尖穿过客厅、饭厅、厨房，一直走出后门。车库的门开着，我凑到门边，屏气凝神，往里偷窥。

见到真相的那一刻让我叫苦不迭，朵卡丝果真摆脱了我的影响，还自创了一套绘画技巧。只见她运笔如飞，自信满满地画着——用的却不是我精心教给她的笔法。至于她绘画的内容……

那幅画令克丽丝汀如此愉悦却也让我受到了深深的伤害。鉴于我为她付出的一切，朵卡丝这么做简直就是忘恩负义。当然，其实我也知道，朵卡丝心中并无恶意，她仅仅是在展示自己的才华。后来，她的这幅作品在古根海姆现代艺术博物馆展出，有些心理学家和评论家为这荒谬的提案写了推荐信，他们还说，朵卡丝的自画像闪烁着耀眼的光辉，在人与动物之间搭建了一座桥梁，让整个人类第一次站在局外人的角度重新审视自己。可惜，当我把朵卡丝领进自家厨房时，却没能看到这一点。

让我心烦意乱的不光是她的画，真正难以释怀的，则是我长期以来已然根深蒂固的观念。我浪费了那么多时间改善她的绘画技巧——还有她的行为方式。但在当时，她坐在画架前，两手静静地叠放在胸口，那一瞬间，我教给她的一切都已烟消云散。

同样是这个瞬间，开启了她作为一个独立艺术家的职业道路。那个时候，我痛苦地发现，其实朵卡丝的天赋还有很多，哪怕她只伸出一只敏捷的脚掌，也是我的双手所远远不及的。

捉迷藏

我们穿过树林返回时，金曼发现了一只灰松鼠。我们的袋子虽然不大，但却装满了猎物——三只松鸡、四只兔子（很不幸，其中一只是刚出娘胎的幼崽）、一对鸽子。这让某些人的乌鸦嘴落了空，连两条狗都乐得活蹦乱跳。

　　松鼠同时也看到了我们。想必它知道，因为在这片土地上对树木造成了破坏，我们一见面就会判处它死刑，又或许它的某位近亲已经倒在了金曼的枪下。总之，三个起落之后，它一溜烟地跳到最近的大树下，绕到树后消失了。不一会儿，我们又见到了它，它正躲在十几英尺外的树林边缘，只探出一只小脑袋。我们端起猎枪瞄向几根树枝，满怀希望地等它现身，可它再也没有出现。

我们步行穿过草地，走向那座古老的大屋，金曼一路上显得心事重重。我们把猎物交给厨子——这家伙接过去时也没显出多少热情——金曼还是一言不发，直到我们在吸烟室里坐下，他才如梦方醒，记起了身为主人的职责。

"那只树鼠……"他突然说道（他总是管它们叫"树鼠"，因为人们一提起"松鼠"就会多愁善感，不愿意再开枪射杀这些小动物了），"让我想起一次非常独特的经历，那是在我退役前不久。实际上，那件事之后我就退役了。"

"我就知道。"卡森讽刺地说。我瞪了他一眼。他以前也在海军服役，想必听说过金曼的经历，可我对此却是一无所知啊。

"没错。"金曼不太高兴地回答，"如果你们不想听……"

"别，请继续。"我急忙说道，"你让我很好奇。一只灰松鼠和第二次木星大战之间会有什么联系呢？"

金曼的火气似乎平息了下来。

"我想我还是把人名换一换吧。"他想了想说，"但是地点不会变。这个故事开始于火星朝向太阳方向的一百万公里处……"

K15是个军事情报人员，许多缺乏想象力的人都叫他"间谍"，这让他很是苦恼，可眼下这件事才是真的让他叫苦不迭。近几天来，一艘速度超快的敌方巡洋舰正追在他的船后，距离已越来越近。那是一艘优良的舰艇，上面搭载着不少训练有素的士兵。被这么一支队伍盯上，本是一件值得高兴的事，可K15情愿放弃这份殊荣。

让形势更加恼人的是，十二小时后，他的朋友将与他在火星区域内见面，他将登上一艘飞船，到那时，区区一艘巡洋舰就不足挂齿了——由此可知，K15绝对不是一个寻常人物。不幸的是，哪怕最乐观的预计也表明，再过六个小时，他便会落入追击者的炮火范围之内。也就是说，六小时零五分钟之后，K15的血肉便极有可能弥散在太空当中，成为广阔无垠的宇宙的一部分。

他还是有机会及时降落到火星的，但那将导致极其严重的后果。他会因此激怒严格保持中立的火星人，引发不愉快的政治纠纷。此外，如果他的朋友也降落到火星搭救他，那么，每一秒他们将损失足以飞行十公里的燃料——也就是大量的能源储备。

他只有一个优势，可这优势毫无把握。敌方巡洋舰指挥官也许会猜到他将直接飞往目的地，但他不知道距离还有多远，也不知道与他会合的飞船有多大。如果他能活着熬过十二个小时,他就安全了。这个"如果"的概率还是比较大的。

K15心烦意乱地看着航线图,心中盘算要不要冒险燃尽剩余的燃料做最后的加速。可他能加速去哪儿呢?这一下将会耗尽他的燃料,使他冲进茫茫的黑暗虚空,而追击者的燃料箱可是满满当当的,他们很快便会追上来,让他被营救的希望彻底落空——他的朋友正朝向太阳驶来,相对速度这么快,他们很有可能擦肩而过,无法对他施以援手。

对有些人来说,对生活的期待越低,精神上就越容易懈怠。当死亡临近时,他们很容易陷入一种催眠状态,会屈从于命运,逆来顺受,听之任之。而K15恰恰相反,越是到了紧急关头,他的精力越容易集中。这会儿,他平时不算活跃的头脑高速运转起来。

指挥官史密斯——这个名字倒是挺常见的——是巡洋舰剑鱼号的舰长,发现K15开始减速时并没有特别惊讶。本来他就预料到那个间谍有可能会降落到火星,按道理,做俘虏总比被消灭要强。可当绘图人员报告说小型侦察艇的目标是火卫一时,他彻底糊涂了。这颗近轨道卫星可谓一无是处,不过是块直径二十公里的石头,就连一向吝啬的火星人都没发现它有什么用途。如果K15认为它会有价值,那他一定是铤而走险,不顾一切了。

小型侦查艇几乎完全静止下来。在雷达中,它已经消失了,只剩下火卫一。在减速过程中,K15那点儿微不足道的领先优势渐渐消失,剑鱼号距它只剩下几分钟的路程——这时剑鱼号也开始减速,免得超过对方。距离火卫一只有三千公里远时,巡洋舰完全停了下来,这时还是没有K15飞船的迹象。用望远镜应该很容易就能发现它,不过它有可能藏身在卫星的背面。

仅仅几分钟后,它又出现了,并以全速直直地朝太阳的反方向冲去。它正以五倍重力加速——这也打破了它的无线电静默状态。一台自动记录仪正在一遍又一遍地广播一条颇有意思的信息。

"我在火卫一上迫降,正遭到一艘Z级巡洋舰的袭击。我能坚持到你们来,但要快!"

信息甚至没有加密,这让史密斯指挥官更加迷惑。如果K15还在船上,那么整件事作为策略来说未免过于幼稚了。不过这也可能是虚张声势,信息如此清晰,明显就是要让他收到并感到疑惑。如果K15真的已经在火卫一上降落,他就无需调整行动步调,也不用浪费燃料去追击侦察艇。很明显,对方的援军正在路上,他越早离开这里越好。那一句"我能坚持到你们来"似乎很莽撞,但也表明援军可能非常接近了。

K15的飞船停止了加速，显然它已耗光燃料，现在正以每秒钟六公里多一点儿的速度远离太阳。K15一定还在火卫一上，因为他的飞船正无力地向太阳系外围飞去。史密斯指挥官一点儿也不喜欢飞船广播的信息，并且猜测另外一艘正在接近的战舰已然接听到了信息，只是他对此无能为力。剑鱼号开始朝火卫一移动，他不想再浪费时间了。

表面上看来，史密斯指挥官在形势上占据着主动。他的舰船装备了十二枚重型制导导弹，还有两门电磁炮。对手只是一个穿着太空服的人类，还被困在一颗直径只有二十公里的卫星上。可是，史密斯指挥官在不到一百公里远处第一眼看到火卫一后，这才意识到K15的袖子里藏了一手好牌。

刚才我们说过，火卫一的直径只有二十公里。天文学书籍总是充满误导性，"直径"一词一般用来表示均匀的规则球体，可这恰恰是火卫一缺少的特质。它更像一颗小行星，就是那种宇宙中的矿渣，一块漂浮在太空中的形状不规则的巨石。当然了，它的周围没有一丝大气，表面也没有多少吸引力。它每七小时零三十九分钟便绕轴旋转一圈，于是总有一面朝向火星——它离火星非常近，以至于将近一半的火星不在它的视野之内。卫星的两极处于地平线弧度之下。

除此以外，火卫一再无任何突出之处。

新月状的火星世界填满了头顶的天空，可K15没有时间欣赏这幅美景。他把能够随身携带的设备都从气密舱中扔出，设置好自动驾驶，然后跳出侦察艇。小型飞船喷吐着火焰冲向群星，他漠不关心地看着它飞走。他烧毁了自己的飞船，任由它空空如也地驶向虚空，只能寄希望于正在赶来的战舰能够截获无线电信息。他还有个渺茫的希望，但愿敌方巡洋舰能追上去，只是这个想法过于不切实际了。

他转过身来查看他的"新家"。此时，太阳已降到地平线之下，唯一的光源便是散发着暗红色光辉的火星，对他来说这已足够，他看得非常清楚。他正站在一块方圆不过两公里的不规则平原中间，四周是一座座小山，只要他愿意，随便一跳就能飞跃而过。他想起很久以前曾读过的一则故事，说有个人一不小心纵身一跃，结果飞出了火卫一。其实这是不可能的——就算在火卫二上也不行——因为这里的逃逸速度仍有十米每秒。不过，如果不小心，他会发现自己轻而易举就能跳上高空，落地就是几个小时以后的事了，这可就太危险了。K15的计划很简单，他必须尽量贴近火卫一的地表——并时刻处于巡洋舰的正对面。剑鱼号会把所有炮火倾泻到这颗直径二十公里的岩石上，而他藏到背面，就连震动都不会感觉得到。在这里只有两种危险，其中之一完全困扰不到他。

对外行人来说，如果不了解太空航天学的微妙细节，会认为这计划与自杀无异。剑鱼号装备着最先进的武器，况且，横在它和猎物中间的卫星只有二十公里长，剑鱼号在高速之下不足一秒便能飞跃。但史密斯指挥官对形势心知肚明，所以他的感觉很不愉快。他最清楚不过了，所有运输工具在设计上都有局限，太空巡洋舰在机动性上更是远远不足。他面临着一个简单的事实，在他操纵剑鱼号绕行卫星一周的时间里，K15却可以绕着这个小世界转上五六圈。

没有必要追究技术细节，不过，不相信的人可以考虑如下一些基本常识。显然，靠火箭驱动的太空飞船只能沿着它的长轴加速——也就是说，只能"向前"，想要偏离这条直线，需要飞船本身先行转向，这样，发动机点火后才能驶向另一个方向。人人都知道内部陀螺仪或切线转向喷口可以控制转向，但鲜有人知这种简单的操作需要耗时多久。普通巡洋舰装满燃料后，质量可达两千到三千吨，这样的设计不可能用来灵活走位。更糟的不是质量，而是这些质量带来的惯性力矩——由于巡洋舰的形状又细又长，所以它的惯性力矩相当大。这个悲哀的事实（却很少被太空航天学工程师们提及），使得一艘太空飞船转向一百八十度需耗时整整十分钟，不管它的陀螺仪尺寸有多合理。用控制喷口也快不了多少，而且在任何情况下，使用喷口都会受到限制，因为它们造成的转向是永久性的，很容易让飞船原地打转，就像一只慢动作的轮转焰火，让飞船里的人叫苦连连。

在一般情况下，这些不利因素可以忽略不计。宇宙飞船的活动范围往往在百万公里以上，每次任务时间动辄几百个小时，可它从未绕着这么小的目标旋转过。绕着十公里半径的圆转圈，明显不符合飞船的运动规律，剑鱼号指挥官为此感到愤愤不平，K15这么玩实在是太不公平了。

与此同时，那个狡猾的人类也在审时度势，反正形势已然差得不能更差了。他连着三个起落，跳到小山之间，这下不像在开阔的空地上那么无遮无挡了。他把从飞船上带来的食物和设备藏了起来，希望以后还能找到，只是这身太空服仅能让他存活一天，这是他最担心的问题。那个让他陷入麻烦的小包裹还带在身上，一套精心设计的太空服里有很多可以藏东西的地方。

山中的宁静给人一种莫名的孤寂感，只是K15并没有想象中那般孤独。永远笼罩在天空中的火星渐渐变小，但依然清晰可见，此时的火卫一正在掠过火星的背阳面。他能看到某些火星城市的灯光，它们如闪闪发光的大头针，标出了无形的火星运河的连接点。他还能看到闪亮的群星、寂静的夜空，以及长长的锯齿状的群峰，近得仿佛触手可及。至于剑鱼号，还是不见踪影。或许他们还在用望远镜仔细地检查着火卫一的向阳面。

火星就像一块精准的手表，当它只剩一半时，就是太阳升起的时刻，同样升上天空的还有剑鱼号。不过剑鱼号也有可能从完全意想不到的方向出现，它甚至有可能——这才是真正的危险——让一支搜索队从天而降。

其实，就在史密斯指挥官看清眼前的形势时，便马上有了这种打算。可他随后意识到，火卫一的表面积超过一千平方公里，而他最多只能从船员中抽调十个人搜索这片蛮荒之地。再说了，K15肯定会携带武器。

考虑到剑鱼号上携带的武器装备，就连反对意见也变得毫无意义了。事实上还不止于此。在执行普通任务时，太空巡洋舰上配备的随身武器通常只有短刀和十字弩。而剑鱼号呢，很不巧——尽管违反了规定——船上也只有一把自动手枪和一百多发子弹。哪怕派出搜索队，队员也等于是手无寸铁，对手却隐匿行踪，孤注一掷，随心所欲就能将他们一一放倒。K15又一次破坏了游戏规则。

火星的明暗分界线化作一条完美的直线，几乎是同时，太阳露出了头，刺眼的强光仿佛原子弹爆炸，只是没有隐隐的雷声。K15调整好头盔上的滤光镜，决定动身离开。还是避开阳光比较安全。一方面，躲在阴影里不容易被敌人发现；另一方面，在太阳下眼睛很容易受伤。他只带了一只双筒望远镜，可剑鱼号上的至少也是二十厘米光圈的电子望远镜。

K15决定，如果可以的话，最好能探明巡洋舰的位置。这么做有些鲁莽，但他若能发现巡洋舰的确切位置及其下一步的动向，他会很开心的。这样他就能躲在地平线以外，不管巡洋舰往哪个方向移动，火箭驱动器的火光都会向他发出警告。于是他小心地贴着近乎水平的路线前进，开始了他的"环球之旅"。

狭长的火星月牙沉到地平线以下，只剩一条巨大的"牛角"点缀在群星之间。K15有些担心了，他还是找不到剑鱼号的行踪。但也没什么好意外的，因为巡洋舰的舰身呈黑色，与夜空融为一体，或许它还在距火卫一一百公里的太空中。他停下脚步，心中暗想自己的决定究竟是否正确。这时，他发现有个巨大的东西遮住了头顶的星星，抬头看时又迅速飞走了。他的心脏停滞了一阵子，稍后才缓过神来。他飞快地分析形势，暗恨自己为什么会犯下如此大的错误。

过了一会儿，他意识到划过天空的黑影不是巡洋舰，而是别的同样致命的家伙。那东西比巡洋舰小得多，也更贴近地面。为了找到他，剑鱼号发射了视频监控制导导弹。

除了巡洋舰本身，这是令他畏惧的第二件东西。而他除了小心谨慎，不引起对方注意以外别无他法。这下剑鱼号多了好几双搜寻他的眼睛，可这些辅助设备仍存有非常严重的缺陷——制导导弹能在群星背景之下发现反射阳光的太空飞船，却很难找到藏身在乱石阴影中的人类。他们的视频监控系统的清晰度也很低，且只能看到正前方的目标。

棋盘上的棋子增加了，棋局变得更加血腥，但他依然占有优势。

导弹在夜空中消失不见。在这个低重力的环境下近乎笔直地飞行，它很快便会转到火卫一的背面去，K15在等待一件预料之中的事。几分钟后，他看到一段短短的火箭废气，猜想这发导弹也摇摇晃晃地飞上了轨道。几乎是同时，另一团火焰在天空中正对面的一角闪现。他想知道，如今已有多少枚死亡机器在空中就位？根据他对Z级巡洋舰的了解——他了解得肯定不够多——那上面有四座导弹控制平台，想必每一个都派上了用场。

他突然想到一个好主意，他甚至怀疑这么高明的想法会不会真的起作用。他太空服里的无线电是可调谐的，可以覆盖相当广的波段。在不远处徘徊的剑鱼号开足马力后，会发出一千兆周以上的信号。他打开接收器，开始探查。

立刻便收到回应——不远处一台脉冲发射器发出刺耳的哀鸣。或许他只是收到了一个次谐波，但这已经足够了。信号非常清晰，K15终于可以作出长远规划了。剑鱼号暴露了自己——只要它还在操纵导弹，他就能查到它的确切位置。

他小心地朝发射源靠近。让他惊讶的是，信号突然减弱，然后又迅速回升。他有些迷惑，随后意识到自己一定穿过了一个衍射区。如果他是个足够优秀的物理学家，或许会从衍射区的宽度中得到某些启示，可他想不出什么有用的信息。

剑鱼号在距离地面五公里高处悬浮着，暴露在日光之下。它的"不反射"涂层已然过期，需要修复，所以K15可以清楚地看到它。他还躲藏在黑暗之中，光与影的界限离他越来越远，他断定目前的位置非常安全。他舒服地坐下来，这样就能继续观察巡洋舰，他等待着，心中十分确定，没有一枚制导导弹会离母船如此之近。到目前为止，他心中猜测，剑鱼号的指挥官一定是暴跳如雷。他想得太对了。

一个小时后，巡洋舰开始爬升、旋转，动作优雅得就像一只陷入泥潭的河马。K15想知道发生了什么。史密斯指挥官打算去卫星正对面看看，正准备开始这段凶险的五十公里航程。K15仔细观察飞船调整的方向，当它再次停下，他感到一阵轻松，飞船几乎完全侧对着他。然后，飞船一阵抽搐，船里乘客的感觉一定很不舒服，巡洋舰向地平线驶去，渐渐消失。K15闲庭信步般跟在它身后——如果可以这么形容的话——那轻盈的步法可不是每个人都能学会的。他一步就能滑出一公里，所以特意留心，免得不小心超过巡洋舰，还得密切关注导弹的行踪，当心它们在船尾出现。

剑鱼号花了近一个小时才绕过这五十公里。K15算了一下，结果被逗笑了，这速度还不如它常速的千分之一。有一次，飞船差一点儿沿着切线方向飞向太空，它只好浪费时间一次又一次地转向，船身上喷口齐射，这才把速度降下来。最后，它终于赶到目的地。K15躲进另一个隐蔽之处，藏身在两块岩石中间，在这里他能看到巡洋舰，对方却肯定看不到他。K15心想，这一下，史密斯指挥官会不会严重怀疑他已经不在火卫一上了？他真想发射一枚信号弹，告诉对方"我还在这儿"。最终，他拒绝了这份诱惑。

接下来的十个小时就没必要细说了，反正和之前的情形差不多。剑鱼号又移动了三次，K15尾随其后，就像追逐猎物的猎手，紧紧跟在巨兽的脚步之后。飞船曾经差点儿把他带到日照之下，他只好等着它沉到地平线另一侧，仅靠无线电信号跟踪。不过在大多数时间里，他都能亲眼看到飞船，一般他只要躲到近处的小山背后就可以了。

还有一次，一枚导弹在几公里外爆炸。K15猜测是某个火气上升的操作员发现了他不喜欢的影子——不然就是技术员忘记了切断引线。除此以外，再没有可以活跃气氛的事情发生。实际上，整个过程已经变得乏味至极。他甚至期待制导导弹偶尔会好奇地从头顶掠过，但只要他静止不动，适当隐藏一下，相信对方不可能会看到他。如果他待在火卫一的另一侧，正对着巡洋舰，或许会比现在更安全，因为他意识到，那边属于卫星的无线电盲区，飞船监控不到那里。但他又一想，那样做并不可靠，一旦巡洋舰再次移动，那边就算不上真正的安全区域了。

整个行动突然之间就落幕了。巡洋舰的转向喷口突然发出一阵巨响，主驱动器全功率运转，尾焰光华夺目。几秒钟后，剑鱼号瞄准太阳全速前进，脱离了这颗卫星。谢天谢地，他们终于走了。这颗贫瘠的太空岩石可恼地横在巡洋舰和它的猎物中间，最终挫败了他们。K15明白发生了什么，一阵强烈的平静与放松之情拂过他的全身。在巡洋舰的雷达室里，某个士兵必定发现了一个令人不安的巨大物体正在高速靠近。现在，K15只要打开太空服上的信号灯，坐等援军到来就行了，他甚至可以舒舒服服地抽上一根香烟。

"真是个有趣的故事。"我说,"现在我明白它跟松鼠有什么关联了。但我还有一两个问题。"

"什么问题?"鲁伯特·金曼客气地问道。

我一向喜欢打破砂锅问到底,我也知道,这位主人曾参加过木星战争,但他很少提及此事。我决定以此为契机,一探究竟。

"这是一次非常规的军事行动,你为什么会知道这么多呢?要我说,难不成你就是K15?"

卡森从喉咙里挤出一阵尴尬的咳嗽声。然后,金曼平静地说:"不,我不是。"

他站起身,朝枪械室走去。

"恕我失陪一会儿,我打算再去找找那只树鼠,也许这一次我能打中它。"说着,他便离开了。

卡森看着我,脸上的表情仿佛在说:没有人再会邀请你来这儿了。等到主人走远,不会再听到我们的谈话,他用一种愤愤不平的语气冷冷地说:"瞧你干的好事!你干吗要说这种话?"

"呃,我这么猜也是有道理的。不然他怎么会知道这么多?"

"事实上,我相信他在战后见过K15,他们两个肯定有过一次有趣的谈话。但我想你知道，鲁伯特退役时，他的军衔只是海军少校。在调查法庭上，他对这次行动只字未提。毕竟，海军舰队里一艘最快舰艇的指挥官居然连一个只穿着太空服的人都抓不到，这也太不合情理了吧？"

黎明不再来临

"这可太严重了!"首席科学官说道,"我们一定要提供些帮助!"

"说得没错,尊敬的阁下,可这实在是太难办了。那颗星球远在五百多光年以外,我们很难与他们建立联系。虽然我们可以搭建一座星桥,不幸的是,这不是唯一的问题。到目前为止,我们还找不到有效的方法与那里的生物沟通。他们的心灵感应能力极其低下——甚至可以说为零。如果连与他们通话都办不到,提供帮助又从何谈起呢?"

首席科学官的思维场陷入一阵沉默,他正在对整个形势进行分析。过了很长一段时间,他终于一如既往地找到了解决方案。

"只要是智能种族,总能找到一些拥有心灵感应能力的个体。"他沉吟道,"我们必须派出成百上千个探测器,去捕捉哪怕一丝一毫的感应迹象。哪怕只发现一束敏感的思维,你也要全力以赴,不惜代价,我们必须把消息发送出去。"

"说得非常好,尊敬的阁下,就按您的吩咐。"

跨越时空的深渊,跨越就连光线也要飞驰半个千年的莽莽鸿沟,飒尔星上的智慧生命探出思维的触须,拼命搜寻哪怕只有一个能够感知到他们存在的地球人类。十分幸运的是,他们邂逅了威廉姆斯·克劳斯。

至少在当时,他们认为自己很幸运,可是稍后就不敢如此肯定了。但不管怎样,他们别无选择。出于种种机缘巧合,比尔[①]的心智只向他们张开了几秒钟,随后便永永远远地关闭了。

这个奇迹的发生是三重因素共同作用的结果——很难说清究竟哪一个更为重要。其一,是奇迹发生的地点。一小瓶水,在阳光直射之下会形成一个简陋的透镜,能将光线汇聚于一点。从更大的空间尺度上衡量,地球的致密核心也能将来自飒尔星的思维场汇聚于一处。一般来说,思维在辐射过程中不会受到物质的影响——它们能毫不费力地穿过任何物质,就像光线射过玻璃。但行星的物质成分极其复杂,有时整个地球也会

[①] 比尔:威廉姆斯的昵称。

起到巨大透镜的作用。当时,比尔的大脑正好处于"透镜"的焦点位置,也正是在这里,微弱的飒尔星思维脉冲被放大到了千百倍。

其二,虽然处于焦点位置的人类有千千万万,其他人却没有收到任何信息,因为他们都不是火箭工程师——不会长年累月地不管白天黑夜都想着外太空,直到这些想法成为他们生活的一部分。

其三,他们也没有像比尔那样喝得烂醉,意识迷迷糊糊,马上就要神游天外,只求进入最美妙的梦境,远离现实中的失望与挫折。

虽然醉得一塌糊涂,比尔还是忘不了军方的责难。"克劳斯博士,我们付你钱……"波特将军用一种强调的口吻说道,"是要你设计导弹,而不是什么……宇宙飞船。你在业余时间做什么不归我们管,但我必须提醒你,请不要动用基地里的军事器材搞你的业余爱好。从今天起,计算机里的所有项目都要经由我过目,听明白了?"

当然了,对方没有解雇他——他实在是太重要了。但他不清楚自己还想不想留下来。很多事情他都不太清楚,唯独一件事他可以确定——这份工作已经让他深恶痛绝了,就连布伦达也同约翰尼·加德纳一起离开了,去寻找他们生命中更大的追求。

比尔用双手撑着下巴，身子微微摇晃，醉眼惺忪地瞪着桌子对面的白粉砖墙。墙上只有两件装饰品，一是洛克希德航空公司发行的日历，另一侧则是一张航空喷气公司的六乘八寸招贴画，上面是正在起飞的莱尔·阿布纳·马克I型飞机。比尔愁眉苦脸地盯着两幅图片中间的墙面，脑子空空，毫无遮拦，不知在想些什么……

这时，来自飒尔星的思维场在他脑中发出一阵欣喜的无声呐喊。比尔面前的墙壁慢慢地消散，化成一片旋涡状的雾气，他好像看到了一条无限伸展的隧道，直通向无限的时空。事实上，他看到的都是真的。

比尔饶有兴致地端详着眼前这一幕。这确实挺新鲜的，但和他从前的幻觉相比还不算离奇。直到有个声音在脑中开始讲话，他还是什么也没做，反而任其信马由缰了一阵子。即使喝醉，他还是有一种保守的偏见，不喜欢自己跟自己说话。

"比尔，"那声音说道，"请仔细听。我们费了好大的劲儿才与你联系上，这件事非常重要。"

比尔对此深表怀疑，现在什么事都不重要了。

"我们在一颗非常遥远的星球上对你讲话。"那声音继续说道，语气急迫，但很友好，"你是唯一一个能与我们交流的人类，所以你一定可以理解我们所说的话。"

比尔开始有点儿担心了，不过这是从个人方面考虑的，因为他没有办法再去想自己的问题了。他心想，如果你无缘无故听到声音，是不是说明心理问题已经很严重了？好吧，最好先别那么兴奋。克劳斯博士，要么接受它，要么无视它，他心中自言自语，先接受吧，反正没什么害处。

"好的。"他不冷不热地回答，"请随意，接着说。只要是有趣的事，我就不会在意。"

那声音停了一会儿，随即再次响起，语气中带着一丝担心。

"我们不太明白你的意思。我们的消息一点儿也不有趣，它事关你们整个种族的生死存亡，你必须马上通知你们的政府。"

"我听着呢。"比尔说，"听起来很适合消磨时间。"

五百光年之外，飒尔人急切地议论纷纷。事情有些不对劲儿，但他们搞不清究竟哪里不对。毫无疑问，他们确实与地球人取得了联系，但对方的反应和他们的预期不大一致。好吧，他们只能作最好的打算，继续说下去。

"听着，比尔。"他们说道，"我们的科学官刚刚发现，你们的太阳即将爆发，就在三天以后——准确地说，是七十四个小时以后。这事已经无法阻止了，但你们没必要惊恐。我们能救你们，只要你照我们说的做。"

"接着说。"比尔回答。这次的幻觉还挺有创造性的。

"我们可以建造一座星桥——就是一条穿越宇宙空间的隧道，和你眼前这条差不多。哪怕对你们的数学家来说，其中的理论也很复杂，所以我们就不解释了。"

"等等！"比尔抗议道，"我就是数学家，还他妈是个顶尖的数学家，就算没喝醉也一样。这种事我在科幻杂志里见得多了。我姑且认为你们说的是某种捷径好了，能够穿越高维空间的那种。可这也太老套了吧——爱因斯坦之前就有人提过了。"

比尔在脑中明显感受到一阵惊喜。

"没想到你们的科学已经如此先进了。"飒尔人说，"但我们没有时间探讨理论上的问题。这才是关键——只要你迈步走进面前的隧道，就会发现自己出现在另一个星球上。如你所言，这是条'捷径'——能让你瞬间穿越三十七个维度。"

"直通你们的世界？"

"哦不——你们无法在这儿生存。但在宇宙中，有许多像地球一样的行星，我们会找到适合你们的星球。我们会在地球各地搭建星桥，只要你们走进去就能获救。当然，你们抵达新家园以后，必须重新建立文明，但这是你们唯一的希望。你必须要把这个信息散播出去，告诉你的族人该怎么做。"

"我能想象他们听了之后会有什么反应。"比尔说,"你们为什么不直接告诉总统?"

"因为你是唯一一个能与我们交流的人。其他人好像距离更近,可是……我们也不知道为什么。"

"我来告诉你为什么。"比尔一边说,一边看着眼前几乎倒空的酒瓶。军方在他身上真是没白花钱。人类的头脑多么不可思议啊!当然了,刚才这番谈话中没出现多少独创性的内容——很容易就能猜到这些想法是怎么来的,就在上周,他刚刚读过一本有关世界末日的小说。至于什么星桥啊,穿越时空的隧道啊,很明显就是一场痴心妄想,全是一个跟火箭打了五年交道的家伙想象出来的。

"如果太阳爆发,"比尔突然发问——他想给幻想中的对手来个出其不意,"那会怎么样?"

"哎呀,你们的星球会瞬间熔化。实际上,周围所有行星都会毁灭,包括木星。"

比尔不得不承认,这个设想还挺壮观的。他放任自己的头脑去自由想象,结果他越是想象,就越喜欢这个想法。

"亲爱的幻觉啊,"他惋惜地说道,"如果我相信你的话,你知道我会怎么说吗?"

"你必须相信我们!"一声怒吼跨越几百光年,传到比尔的脑中。

比尔不理它，继续发挥自己的想象力。

"我会对你说——这将是一件无与伦比的大好事！是的，一切苦难会就此终结。从此没有人需要再为苏联人、原子弹和高物价而烦恼了。哦，这可太美妙了！这才是每个人都想要的东西。谢谢你们专程来告诉我这些，现在你们可以回家了，顺便请把那个什么星桥也带走吧。"

飒尔星上一片哗然。首席科学官的大脑仿佛一大丛珊瑚，漂浮在充满营养液的容器中，这会儿已经变成了浅黄色——自从五千年前赞锑尔人大举入侵以来，这还是头一次。至少十五位心理学家精神崩溃，这也是前所未有的现象。在宇宙物理大学，主计算机存储器中的每个字符都差点清零，还好它及时烧爆了保险丝。

而在地球上，比尔·克劳斯的激情演说才刚刚开始。

"看看我，"他用颤抖的手指猛戳自己的胸口，"我花费数年心血，就是要用火箭做些有益的事，可他们对我说，我能制造的东西只有制导导弹，这样我们就可以把对手统统炸飞。这活儿太阳也能干，而且更干净，更利落。就算你们再给我们一颗行星，这该死的一切也只会重新上演！"

他伤感地停了下来，整理一下颓废的思绪。

"现在布伦达也走了,连一张纸条都没留下。所以很抱歉,我对你们的童子军表演实在不感兴趣。"

比尔发现,"兴趣"这个词他没能大声说出口。但他还是想了想,觉得这是个有趣的科学发现。随着他醉得越来越厉害,难道他的冥思苦想——哎哟,差点儿把他自己绕晕——终于让他连这个多音节单词都说不出来了?

飒尔人还在做最后的尝试,他们沿着群星之间的隧道,将思维场绝望地发送过来。

"你不是说真的吧,比尔?难道所有人类都跟你一样?"

这是个有趣的哲学问题!比尔仔细地想了想——或者说,他尽可能仔细地想了想,以至于面庞滚烫,脸上笼罩着一层红光。毕竟,事情也许还会变得更糟。他很想对波特将军说:"管好你那三颗将星,该干吗干吗去吧!"这虽然很解气,可也会让他丢掉工作。至于布伦达——好吧,女人就像有轨电车,过一分钟,你总能见到第二辆。

最棒的是,绝密档案柜里还有一瓶威士忌。哦,多么美好的一天啊!他摇摇晃晃地站起身,踉踉跄跄地走过屋子。

飒尔人最后一次向地球呼叫。

"比尔!"那个声音绝望地喊道,"人类绝不可能都像你这样!"

比尔转过身，看着那旋涡般的隧道。真奇怪——那里面好像闪烁着点点星光，还挺漂亮的。他为自己感到自豪，并不是所有人都有这么丰富的想象力。

"像我这样？"他说，"不，不是的。"他那沾沾自喜的微笑穿越了无数光年，一阵幸福感洋溢起来，冲走了刚才的沮丧。"我想起来了，"他又说道，"还有好些人过得比我还惨。没错，我想我终归还算是个幸运的家伙。"

他惊奇地眨了眨眼睛，那条隧道突然之间消失了，白粉砖墙再次出现，一如既往地立在那里。飒尔人却明白，一切已经无法挽回了。

"幻觉到此为止了？"比尔暗想，"反正我也厌烦了。看看接下来还会演哪一出儿。"

"幻象"来得快去得也快，接下来什么也没发生。五秒钟后，他感觉有点儿冷，这时他正在拨弄档案柜的密码锁。

接下来两天里，他过得浑浑噩噩，两眼通红。这次会面被他忘了个一干二净。

第三天，他脑子里好像有个声音在一直不停地说着什么——他又在想，布伦达还会不会回来，会不会原谅他呢？

第四天永远没能到来。

闹鬼的宇航服

卫星控制中心呼叫我时，我正在观察舱里誊写当天的进度报告——这是一间玻璃圆顶的办公室，于空间站主轴顶端凸出，活像一副车轮毂中间的圆盖。这里的工作环境算不上理想，因为视野开阔得有些过分。就在几码开外，我能看到施工队正在把整个空间站像大型积木玩具一样拼接起来，动作磨磨蹭蹭，仿佛在大跳慢动作芭蕾舞。在他们身后两万英里处，闪耀着蓝绿光辉的地球母亲漂浮在宇宙中，背景便是银河系那错综复杂的星云构图。

"我是空间站主管。"我回答道，"有什么情况？"

"雷达在两英里外发现了什么东西，目标很小，几乎静止不动，位于天狼星以西五度范围内。你用肉眼能观察到吗？请回复。"

那个物体与我们的轨道竟然如此合拍,肯定不会是流星了,应该是我们弄丢的什么东西——或许是某个器材没固定好,从空间站上飘出去了。我是这么想的,直到我拿过双筒望远镜,在猎户座周围的宇宙空间中搜寻,这才发现自己弄错了。那个太空流浪者确实是人造物体,但和我们一点儿关系都没有。

"我发现了。"我向控制中心回话,"那是一台实验卫星,呈圆锥体,有四根天线,底座上好像还有一套光学透镜。从设计上判断,可能是美国空军于20世纪60年代早期推出的型号。我听说,因为发射失败,有好几台实验卫星失踪了。他们做了好多次尝试,最后才确定现在的卫星轨道。"

控制中心在档案里查找了一小会儿,证实我的猜测是正确的。但他们又花了点儿时间,才确定华盛顿方面对我们的发现一点儿也不关心。这台卫星离家出走已有二十年了,如果我们把它再次"弄丢",他们反而更高兴。

"好吧,可我们不能这么干。"控制中心说,"就算无人认领,那东西挡在轨道上也是个威胁。最好有人能出去,把它拖到空间站里。"

我知道,这个人肯定就是我。我可不敢从加班加点的施工队伍中再抽调一个人出来,我们已经赶不上进度了——而每耽搁一天就要多耗费一百万美元。地球上所有的广播和电视网络都已急不可待,就等着空间站竣工,以便早日播出他们的节目,从而第一次实现真正意义上的全球联通,从南极到北极,覆盖整个世界。

"我会出去搞定它的。"我一边回答,一边"啪"的一声用松紧带绷好桌上的文件,免得从通气孔送入的气流把它们吹得满屋子乱飞。尽管我努力让语气平和下来,好像很乐意为大家服务似的,但实际上,我心里一点儿也不高兴。我进入外太空已有两个星期了,早就厌倦了没完没了地监督工程进度,填写维修报告,以及所有那些身为空间站主管不得不面对的"美妙"差事。

我向气密舱飘去,沿途遇到的唯一一位"船员"只有汤米——我们最近才养的一只猫。对于远离地球无数英里的人们来说,宠物可谓意义重大,但没有多少动物能够适应无重力的太空环境。我钻进太空服时,汤米冲我哀怨地喵喵叫,可我现在很忙,没时间陪"他"玩。

此时此刻,或许我该提醒众位看官,我们在空间站上使用的太空服,和在月球表面行走时穿的那种有很大的不同。它没那么灵活,更像是一台微缩版的宇宙飞船,只是刚刚够塞下一个人而已。它呈短粗的圆柱形,大概有七英尺高,配有低功率的喷气推进器，上端装有一对可折叠的袖子，就像手风琴的风箱，可以容纳宇航员的双臂。不过一般情况下，我们都会把手缩回到太空服里，操作胸前的手动装置。

我在这台十分独特的飞行器里收拾停当，打开电源，检查微小面板上的仪表读数。航天员钻进宇航服后，你经常会听到他们念叨一个神奇的单词——"FORB"[①]，这会提醒他们依次检查燃料、氧气、无线电和电源电量。所有读数的指针都在安全范围内，于是我扣好头顶上的透明半球形面罩，把自己密封起来。由于这只是一趟短途任务，所以我没有费心检查宇航服内部的储物包，只有在执行长期任务时，那里才会放进食物和某些专用器材。

传送带将我缓缓送进气密舱，我感觉自己就像一个印第安婴孩，被母亲装在篮里，背在背上。气泵抽走空气，舱内气压降至零，外舱门打开，最后一丝微风将我裹挟着推向群星，我在虚空中慢慢地翻了个筋斗。

空间站距我只有十几英尺，但我现在已经是一个独立的星体了——一个只属于我的小世界。我被严密地封在一个微小的可移动圆柱体里，整个宇宙在我面前一览无余，可在航天服

---

① FORB：燃料（Fuel）、氧气（Oxygen）、无线电（Radio）和电池（Battery）四个单词的英文首字母组合成的词语。

里，我连一点儿活动空间都没有。软垫座椅和安全带将我牢牢固定，让我无法转身，好在只要我伸展手脚，便能够到所有控制装置及储物包。

在外太空，太阳是个致命的大敌，瞬间就能把你的眼睛晃瞎。我小心翼翼地打开太空服"背阳"面的黑色滤光镜，这才敢转过头去，看着远方的群星。同时，我将头罩上的外部遮阳镜调到自动状态，这样，不管太空服怎样旋转，我的双眼都会得到保护，以免被强光灼伤。

不一会儿，我便发现了目标——一点明亮的银色光斑，金属材料的反光将它和周围的星光明显地区分开来。我轻踩喷气控制踏板，立刻感受到一阵温和的推动力，低功率火箭推着我渐渐远离太空站。经过十秒钟稳定的加速，我感觉速度已经足够，便断开动力源。剩下的路程只需五分钟，打捞成功后，返程也用不了更多时间。

就在这时，我置身于茫茫的黑暗深渊，突然感觉不对劲儿，恐怕事情还很严重。

在太空服里，永远不会有完全的寂静。你总能听到氧气轻柔的嘶嘶声、风扇与发动机微弱的呜呜声、你自己喘气时的呼呼声——如果仔细听，甚至还有心脏跳动时有节奏的砰砰声。这些声音在太空服中回荡，无法逸散到周围的真空中去。在宇宙中，它们是生命的背景音，却极易被忽视，只有发生异常时，你才会注意到它们的存在。

它们现在就发生异常了，在原来那些声音以外，又多了一种我从未听过的声音，那是一阵断断续续的沉闷敲击声，间或夹杂着抓挠声，仿佛金属刮擦在金属上。

我立刻僵住了，屏住呼吸，支起耳朵，想听出这古怪的声音来自何处。控制面板上的读数毫无异兆，刻度盘上的指针稳如泰山，预示大难临头的红色警示灯也没一丝一毫的闪动。这给了我一些安慰，但不算特别多。很久以前我就明白，在这种情况下，一定要相信自己的直觉。脑中的报警信号已然响起，催促我尽早返回太空站，免得大难临头一发不可收拾……

直到现在，我依然不愿回想后来那几分钟的心情。惊恐如涨潮的海水，渐渐淹没了我的心智，为了对抗神秘莫测的宇宙，每个人都会竖起的理智与逻辑的大坝，这会儿也被冲垮了。这时我才明白什么叫作精神错乱，再没有其他解释更适合现在的情况了。

我已经没法再把困扰我的声音说成是机械故障了。尽管我孤立无援，远离所有人类，周围甚至没有任何实物，但我并非孑然一身。寂静的真空已经把虽然微弱，但确凿无疑的生命之音送入了我的耳朵。

一开始，令人胆战心寒的是，好像有什么东西正试图钻进我的太空服——那东西无形无体，却要逃脱冷酷无情的宇宙真空，寻找一个藏身之所。我在这身甲胄里发疯似的四下张望，搜寻着周围无限的宇宙空间，可是，除了朝向太阳的闪闪发光的圆锥体，我什么都看不见。什么都没有，当然了，太空中怎么可能有东西呢——唯独那抓挠声，现在反而更清晰了。

尽管有人写过很多胡言乱语来诋毁我们宇航员，但我们真的不迷信。可在当时，我突然间想起波尼·夏默斯就死在太空站附近，可能离我现在所处的位置不远。由于理智已经彻底崩溃，我会这么想，大家应该不会见怪吧？

那是一起"不可能发生"的事故，几乎所有事故都是如此。那一次，三个故障同时出现了——波尼的氧气调节器失控，压力飙升；安全阀失灵，无法排出氧气；一处不良连接点分离——于是，在不到一秒钟的时间里，他的太空服在真空中敞开了。

我本不认识波尼，但突然之间，他的命运似乎与我紧密相连——一个恐怖的念头在我脑中浮现。我们原本不愿谈及此事，那就是，太空服太宝贵了，即便破损也不会被丢弃，哪怕它害死了穿着它的主人。它们会被修好，重新编号——然后分发给其他人……

如果一个人死在群星之间，远离故土，他的灵魂会安息吗?你还在这里吗,波尼?若有一件遗物,成了你和你想念的遥远家乡之间的媒介,你会紧紧缠住它不放吗?

这个念头如噩梦一般纠缠着我——现在,抓挠声,还有轻微的摸爬声,仿佛从四面八方同时袭来。我还残存着最后一丝希望,为了确保神智健全,我必须证实这不是波尼的太空服——这些将我贴身包裹起来的铜墙铁壁绝不可能是另一个人的棺材!

我试了好几次才按下正确的按钮,将通话器转换到紧急波段上。"控制中心!"我喘着粗气,"我有大麻烦了!快检查一下我这件太空服的使用记录……"

我的话没说完,后来听他们讲,我的尖叫声甚至震坏了麦克风。如果一个人与世隔绝、孤零零地密封在太空服里,却突然有东西轻拍他的后颈,你说他会不会尖叫起来呢?

我当时一定是猛地往前一挣,尽管有安全带的保护,头还是磕到了控制面板的上缘。几分钟后,救援队赶到时,我已然昏迷不醒,额头上肿起一块好大的青包。

于是在整个卫星中继站上,我是最后一个知晓发生什么事的人。一个小时后,我恢复了知觉,所有医务人员都聚在我的床边,但又过了好长时间,他们才注意到我已经醒来。这群家伙正忙着逗弄三只可爱的小猫咪,那是汤米——我们错误地给"她"起了个男名——在我太空服的五号储物包里偷偷生下的。

追逐彗星

"我也不知道为什么要录这个。"乔治·武雄·皮克特对着悬浮在空中的麦克风慢慢地说,"不会有人再听到它了。他们说,要等到两百万年以后,彗星才会飞向太阳,把我们带回地球附近。不知到那时,人类还会不会存在?这颗彗星会再次展现奇观,引起我们后代的注意吗?也许他们也会派出一支探险队,就像我们当初那样,看看在彗星上能发现些什么。然后,他们会发现我们……

"就算过去那么长的年月,这艘飞船依然会保持良好。储能罐中仍然会有燃料,或许还会有充足的空气,最先耗光的只有食物,在窒息之前,我们会被活活饿死。不过我猜,我们等不到那一天。我们将会打开气密舱,结束这一切,让死亡来得更痛快些。

"小时候，我读过一本书叫《冰雪中的冬天》，是讲极地探险的。好吧，书中描述的情景简直就是我们目前的写照。我们现在也被困在冰雪中，四周漂浮着巨大的冰山。挑战者深陷其中，周围的大冰块团团簇拥，相互绕行，只是它们之间相对速度缓慢，你要等上几分钟，才能发现它们确实在移动。地球极地探险队面对的冬天比起这里可差远了。在飞回太阳之前的两百万年里，彗星内部温度将稳定在-450摄氏度。我们会离太阳越来越远，它给予我们的热量不会比远方的群星更多。在寒冷的冬夜里，你能指望遥远的天狼星为你暖手吗？"

这荒唐的一幕突然跃入脑海，让他整个人都垮了下去。他再也说不下去了。他回想起洒满雪原的月光，回想起响彻大地的圣诞钟声，可这一切都已距他五千万英里之遥。地球上所有那些他曾经熟知，却时常忽略的美好的事物，都已永远地抛弃了他。想到这里，他的自制力彻底崩溃，像个孩子似的呜呜地哭了起来。

起初，一切都是那么完美，充满了冒险般的刺激和兴奋。他还记得，也就是六个月之前吧，只有十八岁的吉米·兰德尔用自制的天文望远镜发现了一颗彗星，还向澳大利亚的斯壮罗山天文台发送了电报。男孩和他发现的彗星就此名声大噪，之后不久，就连皮克特也开始到户外观察那颗彗星了。在最初几天里，它就像一只笼罩在朦胧雾气中的蝌蚪，在赤道以南方向缓缓地游过波江座。那时它还在火星以外，正沿着无限狭长的轨道朝太阳飞来。这是人类第一次观测到兰德尔彗星，恐怕也是最后一次。当它的最后一缕光辉在地球的天空中消失以后，便再也没有人见过它，也许到它下一次出现时，人类已经不复存在了。

随着彗星逐渐接近太阳，它的个头也在变大，还喷发出一团团烟尘与蒸汽，哪怕是其中最小的一团也能罩住一百个地球。越过火星轨道时，它的彗尾已长达四千万英里，仿佛一面广阔的信号旗在宇宙风中猎猎飞扬。当时，天文学家意识到，恐怕这将是太空中上演得最壮观的一幕，就连1986年重返太阳系的哈雷彗星也无法与之相提并论。同样就在当时，国际天体物理学年会的组织者们决定，如果科学考察船挑战者号能够及时建成，就派它前去近距离考察这颗彗星，这将是一千年来绝无仅有的机会。

连续几周，在黎明前的夜幕中，彗星展开身形，横跨星空，活像一条规模较小但更加清晰璀璨的银河。它离太阳更近了，自从猛犸象的脚步震动大地以来，它还从未接近过如此炙热的恒星，汹涌的火焰使得彗星表面愈发活跃。一团团明亮发光的气雾自彗核中喷薄而出，形成巨大的风幕，如探照灯一般缓缓扫过星空。这时的彗尾已长达一亿英里，将整个夜空一分为二。彗尾上的条纹图案不断变幻，流光溢彩，且总是指向太阳的反方向，仿佛太阳系中心正持续不断地向外围吹出强风，就是要将它从这团星系里推出去。

当挑战者号分派出一个席位给乔治·皮克特时，他简直不敢相信自己的好运。自从威廉·劳伦斯亲眼目睹长崎原子弹爆炸以来，还没有哪个记者能够获此殊荣。当然了，他有理科学位证书，未婚，身体健康，体重不超过120磅，做过阑尾手术，这些无疑都加大了他的筹码。但要知道，拥有同样资格的人还有很多，只不过到了现在，这些人的嫉妒也该转变为窃喜了。

由于挑战者号载重有限，绝不可能平白无故捎带上一个新闻记者，皮克特不得不削减空余时间，参与到飞船的日常事务中来。也就是说，他实际上相当于船长的助理，每天要记录飞行日志，登记供给品数量，书写账目。幸运的是，他常常想，在外太空完全失重的环境下，一天二十四小时中只要睡满三个小时就足够了。

为了同时做好两项工作，需要付出极大的精力。当他不用窝在壁橱大小的办公室里写写算算，或是在储物仓中清点成千上万的工具和用品时，他便会带上录像机四处溜达。他会抓紧一切机会采访每一个人，有时同时采访好几位，有时则是一对一。操作挑战者号的科学家和工程师一共有二十人，但不是每一次采访记录都值得传送回地球，他们当中有些人说话太过专业，有些人不善言谈，还有一些则完全不愿配合。但他至少没有对他们表现出明显的好恶——起码他自己是这么想的——没有厚此薄彼，有失偏颇。可现在，这些已经不重要了。

他想知道马顿斯博士会如何看待目前的形势，这位天文学家是最难相处的人物之一，但他提供的信息总是很有帮助。皮克特突然生出一股冲动，他翻出早先采访马顿斯时的录像带，把它插进录像机。他知道自己是要通过回顾过去的方式逃避现实，但他心里也清楚，只有这样，他才能说服自己相信这次旅程还有活下去的希望。

第一次采访马顿斯的情景依然历历在目。他手中拿着毫无重量感的麦克风，身体随着通气孔中涌出的气流微微地晃动，几乎被对方催眠而有些精神恍惚。但没有人会因此怪罪他——马顿斯博士的声音平缓柔和，天生就有令人放松的功效。

当时，他们在彗星身后两千万英里之遥，但距离正在迅速缩短。他在天文观测室里堵住马顿斯，向他抛出了第一个问题。

"你好，马顿斯博士。"他开口问道，"请问兰德尔彗星是由哪些物质组成的？"

"成分很复杂。"天文学家回答道,"随着我们远离太阳,它的组成还将发生变化。但彗尾主要包括氨气、甲烷、二氧化碳、水蒸气、氰气……"

"氰气?那不是一种剧毒气体吗?如果地球一不小心闯进彗尾,会发生危害吗?"

"不会的。尽管彗尾看起来很壮观,可它实际上相当于真空状态。就算是地球那么大的体积,其中包含的气体含量也不过火柴盒么一丁点儿。"

"就是这么稀薄的气体,造就了如此伟大的奇观?"

"没错,同样是这么稀薄的气体,还引发了炫目的电离现象。彗尾之所以会发光,是被太阳用带电粒子轰击的结果,这就像是宇宙中的霓虹灯。我敢说总有一天,地球上的广告商会如梦初醒,找到在整个太阳系中投放标语的方法。"

"这个想法太让人沮丧了——但我想有些人却会声称这是实用科学的胜利。让我们暂且放过彗尾好了,请问我们还有多长时间才能抵达彗星的中心——我猜你会称之为'彗核'?"

"严格意义上的'抵达'需要很长时间,大概还要两周,我们才能进入彗核。飞船先要飞入彗尾,一点点地接近,接触彗发之后还要继续深入一段距离,再经过两千万英里方能抵达彗核,我们事先已经计算过了。但你要知道,首先,彗核实际上很小——直径不会超过50英里；其次，它并非一块实体，可能是由几千个小碎块组成的，就像一团密集的云雾。"

"那我们能够深入彗核吗？"

"抵达之后才能知道。为了保证安全，也许我们只能在几千英里以外，通过望远镜进行观察。但从我个人角度说，如果不能深入研究，我会很失望的。你说呢？"

皮克特关闭录像机。是啊，马顿斯说得对，他也会失望的，尤其是在当时看不到任何危险的情况下。实际上，彗星本身没有任何危险，真正的危难来自飞船内部。

兰德尔彗星已经开始远离太阳，一路还在喷发声势浩大却又异常稀薄的气幕，挑战者号穿行其间。如今，他们已经接近了彗星内部的核心密集区，但周围几乎还是完美的真空地带。明亮的雾气弥漫在挑战者号周围，延伸开去足有数百万英里，却丝毫阻挡不住来自远方的星光。他们正前方就是彗核，它就像一团模糊但却璀璨的微光，仿佛勾魂的鬼火，引诱他们继续向前。

电磁干扰现象在飞船附近时时发生，一次比一次猛烈，几乎完全切断他们与地球之间的联络。飞船的主无线电平台自始至终只能收到一个信号，在过去几天里，他们只好通过莫尔斯电码将"OK"发送出去。等到他们远离彗星飞回家乡时，正常通讯应该能够恢复，但现在，他们处于孤立隔绝的状态中，仿佛回到了无线电发明之前的年代。虽然很不方便，但也仅此而已。实际上，皮克特反而很喜欢目前这种状态，他有了更多时间用于案头工作。挑战者号正在驶向彗星的核心，在20世纪以前，即使在梦中，也没有哪个船长敢想象这样的航程。但核查食物清单，清点供给数量这样的工作，还是得有人来做才行。

飞船雷达搜索着周边的空间区域，挑战号缓慢而小心地"爬"进彗核。在冰山之间，它停了下来。

早在20世纪40年代，哈佛大学的弗雷德·惠普尔就发现了真相，但就算证据都堆在眼前，这一切也很难让人相信。彗星的核心部分相对于整体来说极其微小，由松散的冰块集群构成，它们麇集在一处，相互环绕运行，沿着彗星轨道共同前进。和在极地海域中漂浮的冰山不同，它们不是由水凝结而成，也不会映出耀眼的白光，而是呈现出脏兮兮的灰色，质地酥松，就像半融化的脏雪球，上面还有许多孔洞，里面储存着凝固的甲烷和冻结的氨气，它们吸收太阳的热量之后，便会时不时喷发出磅礴的气雾。那是一场视觉盛宴，但皮克特却没有多少时间欣赏。他要忙的事还有很多。

他正在对飞船上的备用必需品做例行检查，这时才意识到大难已经临头——其实，他也是过了一段时间才发现这一点的。供给品的数量令人十分满意,直到他们返回地球都绰绰有余。他已经亲自清点过了,现在只要往飞船上记录所有账目的电子存储器中敲入几个不起眼的字符,确认一下结余记录就可以了。

当那荒唐的数字第一次闪现在屏幕中时,皮克特还以为是自己打错了。他将运算结果清除,重新向计算机输入信息。

"压缩肉干总量——最初:60箱;已消耗:17箱;剩余:99,999,943箱。"

他再次重新输入,然后又试了一次,结果还是错的。他有点儿生气,但还没有特别警觉,只是去找了马顿斯博士。

他在"刑讯室"里找到了这位天文学家——其实那是一间迷你健身房,隔壁是储物间,另一边则是推进剂主燃料箱的防护墙。所有机组人员都要在这里进行锻炼,每天一个小时,以免全身肌肉在零重力环境下日益萎缩。马顿斯正同一组粗壮的弹簧搏斗,脸上的表情十分狰狞,当皮克特说计算机出了问题以后,他的表情更难看了。

他们在主控输入面板前做了几组测试,结果更糟了。"计算机出毛病了。"马顿斯说,"它连加减法都不会算了。"

"但我们肯定能修好它。"

马顿斯摇了摇头,平日里那股高傲的自信已经一扫而光。

在皮克特看来，他就像一只正在漏气的充气橡胶娃娃。

"就连它的设计师也搞不定了。计算机原本就是微型电路的集合体，像人脑一般紧密相连。可现在，存储单元还在运作，可计算机其他组件已经报废了。它只能把你输入的数字搞得一团糟。"

"那我们该怎么办？"皮克特问道。

"怎么办？我们死定了。"马顿斯断然地回答，"没有计算机，我们已经完蛋了。我们没法测算返回地球的轨道。只用纸和笔，一大群数学家也得花上好几个星期。"

"太荒唐了！飞船状况一切良好，我们不缺食品，燃料充足——你却说我们已经死定了？就因为没法做几道算术题？"

"几道算术题？"马顿斯大吼起来，他的臭脾气又回来了，"这可是重大的航线转换问题！我们要脱离彗星，还要返回地球轨道，光是不同的独立算法就要十万多次。哪怕是计算机，完成运算也要好几分钟。"

皮克特不是数学家，但凭他对太空航天学的了解，也足以明白目前的形势了。飞船在太空中航行，会受到许多大天体的影响。其中影响最大的是太阳的吸引力，它会牢牢抓住几大行星，把它们束缚在各自的轨道上。行星的引力相对较小，但也会以这样或那样的方式对飞船又推又拉。飞船必须克服所有这些引力和推力——还要对它们加以利用，按照航线要求飞出几百万英里远——这是一道极其复杂的难题。他能够理解马顿斯为何会绝望了。在没有任何工具帮助的情况下，没有人能完成这次航行，而这次航行，需要的是前所未有的精细工具。

在船长召集之下，全体船员出席了第一次紧急会议，对当前形势作出评估，几个小时后，大家终于接受了再也无法返航的事实。不管你愿不愿意，再过几个月，所有人都将死去。船上的人都被判处了死刑，只是没有立即行刑而已。临死之前，大家还能看看壮丽的"风景"……

透过笼罩在飞船周围的光辉迷雾——这颗非凡的彗星将会成为他们的坟墓——他们可以看到熠熠生辉的木星，它比其他所有星星都要明亮。当飞船越过这颗最庞大的太阳之子时，飞船上有些人可能还会活着，前提是其他人愿意牺牲自己。在四个世纪以前，伽利略透过简陋的天文望远镜第一次见到了木星的几颗卫星，它们仿佛串在无形丝线上的珠子，绕着木星往返穿梭。只为用肉眼见证这一幕，所以苟延残喘几个星期？皮克特不由在心中自问，这么做，真的值得吗？

丝线上的珠子！皮克特心中一动，一段久已遗忘的童年记忆在意识深处突然炸开。这个念头潜伏在那里一定有好久了，它挣扎着，只为这一刻点亮他的心灵。最后，终于，他全都想起来了。

"不！"他大喊出声，"太荒唐了！他们肯定会笑话我的！"

那又怎么样？灵魂深处的另一个自己问道。命都快没了，还怕丢脸吗？这么做就算没什么帮助，至少能让所有人忙碌起来，反正食物和氧气已经越来越少了。就算是最渺茫的希望，也比没有希望要强吧……

他不再坐立不安，而是关掉录像机，收起自怜自哀的情绪。他解开将自己固定到座椅上的松紧带，直奔储物间，寻找他需要的材料。

三天后。

"这简直是个笑话！"马顿斯说道。他轻蔑地瞥了一眼皮克特手中的"玩具"，那东西由铁丝和木头制成，看起来很不结实。

"我就知道你会这么说。"皮克特回答，他压了压火气，"但是请听我说，就一分钟。我外婆是日本人，在我还小的时候，她给我讲了个故事。本来我已经完全忘记了，直到这个星期才回想起来。我想，它能救我们大家的命。

"那是二战结束以后，有一天，人们举行了一场比赛。一方是美国人，使用电子计算器；另一方是日本人，他用算盘，就像这个。结果，算盘赢了。"

"一定是因为计算器出毛病了，或者使用计算器的人是个笨蛋。"

"他用的是美国军方生产的最佳型号。不要争论这个了，我来作个示范吧——说两个三位数，让它们相乘。"

"呃——856乘以437。"

皮克特运指如飞，串在铁丝上的算珠上下飞舞，迅如闪电。铁丝一共有十二根，也就是说，这副算盘可以处理高达999,999,999,999的数字运算——如果分成几个部分，还能同时进行若干独立的运算操作。

"374,072。"难以置信，皮克特不一会儿就得出了答案，"现在看看，你用笔和纸需要算多久。"

马顿斯用的时间可就长多了，他就像一个不擅长做算术的数学家，最后得出的结果是"375,072"。检查之后发现，马顿斯用了三倍于皮克特的时间，答案却是错的。

天文学家的脸上写满了懊恼、惊讶，还有好奇。

"你是在哪儿学到这套把戏的？"他问道，"我本以为这玩意儿只能做加减运算。"

"是这样——乘法不过就是加法的叠加，对吧？我需要做

149

的，就是把856在个位档加七次，十位档加三次，百位档加四次。你用纸和笔也是这么算的。当然了，在珠算时还有简便算法。你觉得我算得快吗？其实你还没见过我的舅公呢。他以前在横滨银行工作，打起算盘来你甚至看不清他的手指。是他教给我这套'把戏'的，可惜二十年后，我已经忘得差不多了。我只练习了两三天，速度还是很慢。不过无所谓了，我只是想让你相信，这个办法会管用的。"

"你成功了，让我印象深刻。你做除法也能这么快吗？"

"只要勤加练习，应该差不多。"

马顿斯拿过算盘，用手指轻轻地来回拨动算珠。然后，他叹了口气。

"真是巧妙——可还是帮不上什么忙。就算它比动笔快上十倍——恐怕还达不到十倍——计算机的速度可是它的百万倍啊。"

"我已经想过了。"皮克特有些不耐烦地回答。

（马顿斯真是没种——居然这么轻易就放弃了。他以为一百年前的天文学家都是怎么工作的？那时候也没有计算机呀。）

"我是这么打算的——你帮我参谋参谋，看有没有什么遗漏的……"

他把计划认真详细地讲了一遍。马顿斯仔细地听着，渐渐放松下来，过了一会儿，他甚至笑出了声。这些天来，皮克特还是头一次听到挑战者号上有人会笑。

天文学家说："等你告诉船长，说我们都要重返幼儿园学习怎么玩珠子，我真想看看他脸上会是什么表情。"

起初还是有人表示怀疑，直到皮克特做完几次演示，便无人作声了。这些人都是在电子时代里长大的，他们怎么也想不到，单单由铁丝和算珠组成的简陋工具竟然也能完成如此复杂的运算。这简直是个奇迹，同时也是个挑战，因为他们的性命全靠它了。生存的渴望再次高涨起来。

照着皮克特手中的粗劣原型，工程技术人员又制作了好多个更加精致的复制品，珠算班顺利开课。解释基本原理不过几分钟，真正动手训练就需要很长时间了——他们一刻不停地练习，直到手指在铁丝之间下意识地飞舞，好像不需要任何思考，便能将算珠拨动到准确的位置上。不过，有些船员似乎永远也无法胜任，他们辛苦练习一个星期，但不管是准确性还是速度都没法达标；另有一些却很有天赋，很快便远远超过了皮克特。

他们做梦时都在做算术，睡着了也不忘拨弄算珠。通过基础练习之后，他们被分成几个小组，相互之间激烈地比赛，直至达到比"熟练"还要更熟练的程度。到最后，挑战者号的船员们可以在十五秒之内完成四位数的乘法，可他们还是不肯罢休，仍然继续练习。

这项工作是纯机械式的，需要熟练的技巧，却无需多高的智商。真正困难的部分属于马顿斯，其他人没办法帮上他的忙。他必须先忘掉烂熟于胸的计算机语言，重新调整运算方式，让其他人的机械式劳动也能参与进来，就算他们不理解那些数字的含义也没关系。他会为大家提供原始数据，让他们按照他给出的运算法则进行计算。经过几个小时耐心但却乏味的工作，这条数学流水生产线便会将结果呈现出来——假如中间不犯错误的话。为了防止出现错误，他们组建了两支独立的计算小组，两边同时工作，还要定时交叉检验对方的结果。

"我们的工作……"皮克特对着录像机说道，他终于有时间考虑一下他的听众了，原本他已经放弃了这种努力，"就是用人力取代电子线路，重新组建一台'计算机'。别看速度只有电子计算机的几千分之一，无法同时计算多个数字，还很容易疲劳——但我们还是成功了。虽然无法调整航线返回地球——这太复杂了——但我们还是可以退而求其次，变动飞船轨道，驶向无线电不受干扰的区域。一旦逃出电磁干扰区，我们就可以将所在位置传送给地球,让地球上的大型计算机告诉我们接下来该怎么做。

"我们已经脱离了兰德尔彗星,不会再随着它飞出太阳系了。我们正在计算新轨道,其准确性还是可以期待一下的。我们现在还处在彗尾范围内,不过彗核距飞船已有百万英里之遥,我们已经看不到那些冻结的氨气冰山了。它们正朝群星飞去,即将隐没在无数太阳之间,步入更加寒冷的长夜。而我们,就要回家了……

"你好,地球……你好,地球!这里是挑战者号,这里是挑战者号。收到信号请立即回复——我们需要你们对运算结果进行检验——在我们的手指磨到只剩骨头之前!"

# 地心烈焰

"这个，"卡恩沾沾自喜地说，"你会感兴趣的。拿去看看！"

他把刚刚读过的文件推了过来。我决定打报告叫他走人，这已是第N次了，如果还不行，那就我走。

"这是什么？"我不耐烦地问。

"一份长篇报告，是一位叫马修斯的博士写给科技部长的。"他在我面前挥了挥报告，"读读看嘛！"

我兴致不高地翻看起来。几分钟后，我抬起头勉强承认道："也许你是对的——不过仅限这一次。"我没再说话，直至全部看完……

亲爱的部长先生：

应您的要求，以下是关于汉考克教授所作实验的特别报告。该实验的结果出人意料，非同凡响。我没有时间将其转换成更正规的形式，只好向您呈上报告的口述稿。

鉴于您日理万机，时间有限，或许我该简述一下我们与汉考克教授的合作事宜。教授于1955年被封为男爵，并一直担任布兰顿大学电气工程系的主任，此后他获得批准，可以无限期休假以开展他的研究。在这期间，前能源与动力部的首席地质学家克莱顿博士也加入了该项目，这项研究得到了保罗基金和英国皇家学会的资金援助。

教授希望发展声呐技术作为精准地质学勘探的手段。如您所知，声呐相当于声波的雷达，尽管人们对它不太熟悉，但在几百万年前，蝙蝠便在夜间有效地利用它捕食昆虫并绕开障碍物了。汉考克教授打算向地下发送高功率超声波脉冲，利用回声建立图像，了解地下结构。图像可以通过阴极射线管屏幕展现。飞机上的雷达可以透过云层显示地形，教授的整套系统与之十分相似。

到1957年，两位科学家取得了部分成功，却也耗光了全部资金。1958年初，他们直接向政府申请固定拨款。克莱顿博士指出，这套装置拥有巨大的价值，它就像一台可以穿透地壳的X光机。能源部批准之后，把申请材料转给了我们。其时贝尔纳尔委员会刚刚发表一份报告，我们担心这个卓有价值的项目会因此被搁置而广受批评。于是我立刻去拜访这位教授，随后递交了一份表示赞成的报告。几天后，我们提供的第一笔资金（编号5/543A/68）到位。从那时起，我一直与他们保持联系，并在某些方面提供了一些技术支持。

实验中用到的设备十分复杂，原理却非常简单。一台特制的发射器在盛满稠密有机质溶液的水池中持续不断地旋转，发出超高功率的短波超声波脉冲。脉冲波穿过地表，如雷达波束一般"扫描"地下，产生回声。再经由一个设计独特的延时电路——我就不在这里讲述它的工作原理了——我们便可以选择任意深度的回声构成图像，这图像展示的是经过探查之后的地层，并将在阴极射线管屏幕上显现出来。

我第一次拜访汉考克教授时，他的仪器还相当简陋，但已经可以显示地下几百英尺的岩石分布情况了，我们还能清楚地看到穿过他实验室地下的巴克罗地铁线的一部分。教授的成功秘诀主要取决于超声波喷发的剧烈强度，从一开始，他的仪器就能产生高达几百千瓦的峰值能量，这些能量几乎全被发射到地下。在发射器附近逗留并不安全，我注意到，仪器周围的土壤变得相当温暖。我还惊讶地发现，周围地区常有大量鸟群聚集，随后得知它们都是被泥土中数以万计的死虫子吸引来的。

到了1960年，克莱顿博士去世，这时该设备的工作功率可达百万瓦，可以获得地下一英里深处的清晰地层图像。克莱顿博士将探测结果与已知的地理学数据相对照，确定无疑地证实了这些信息的价值。

克莱顿博士死于车祸是场重大的悲剧。一直以来，他都对教授施加正面的影响，而教授本人对这项工作的实际应用一向漠不关心。不久以后，我注意到教授的着眼点有了显著的转移，几个月后，他对我说，他有了新的远大目标。那时我一直劝说他发表实验结果（他已经花掉了50,000英镑，公共账目委员会的脸色也越来越难看），但他求我再多给他一些时间。

我想,我最好用他的原话解释他当时的态度,我还清楚地记得他说这些话时的独特语气。

"你就不好奇吗?"他说,"想没想过地球内部的样子?我们只用煤矿和水井在地球表面挠过痒痒,可地层深处依然跟月球背面一样神秘莫测。

"我们知道,地球的密度不合规律——比地壳中岩石和土壤含量的密度高多了。地核也许是由固态金属构成的,但直到如今,没人能告诉我们真相。哪怕是地下十英里,压强也有每平方英寸三十吨以上,温度高达几百度。地球最中心更是难以想象——恐怕压强会达到每平方英寸上千万吨。再过三两年,我们或许能登上月球,抵达群星,却对脚下四千英里深的炼狱火海一无所知,这不是很可笑吗?

"现在我能得到地下两英里的可辨识回声,但我希望在未来几个月里把发射器的功率提升到十兆瓦。有了这么大的能量,相信探测深度将增加到十英里,而这还没有结束。"

我被他震撼了,但同时,我又有点儿怀疑。

"听着不错。"我说,"可你探得越深,看到的就越少。压力会填平所有空隙,再深入几英里,就只剩下密度越来越大的同种物质了。"

"有这种可能。"教授表示同意,"但从传回来的图像中,我们能发现很多东西。不管怎么说,等我们探到那里,自然就能看见了。"

那是四个月以前的事了,直到昨天,我才见到研究结果。教授当时明显很兴奋,他邀我前去,我答应了,可他没告诉我究竟发现了什么——假设他真的有所发现。他向我展示了改良后的设备,还把新的接收器从有机液池里提起来。拾音器的灵敏度已经大大提高,仅这一项就将接收范围扩大到原来的两倍,这还不算增强的发射功率。看着那钢铁构架的机器缓慢地转动起来,让人感觉很怪异,要知道,它正在探索一片距离不远,人类却永远未能涉足的领域。

我们走进摆放着显示设备的小屋,教授异乎寻常地安静。他接通发射器,尽管那东西远在一百码开外,我依然感到一阵令人不适的酥麻。阴极摄像管屏幕亮了起来,缓缓转动的时间坐标出现在屏幕上,之前我已经见过很多次了,然而现在,由于发射功率和仪器灵敏度的提高,图像也变得更加清晰。我调节探测深度,仔细观察着地下世界,只见一条清晰的黑暗巷道横穿过发出暗淡光线的屏幕。我正在看着，突然间，巷道里仿佛充满了迷雾，我知道，那是一列地铁刚刚经过。

我继续向下深入。尽管这幅图像我已经见过好多次，但这么一大团明亮发光的物质迎面扑来，依然让我感到不可思议。我知道，它们都是地下的岩石——很有可能是五万年前冰河时代留下的残骸。克莱顿博士曾经做过一套表格作为参照，所以我们一路向下时可以辨认出不同的地层。我发现自己刚刚经过冲积层，接下来是厚厚的黏土层，这里储存着供应城市的地下水。不一会儿，黏土层也被抛到身后，我穿过了距地表一英里深的地下岩床。

图像依然清晰明亮，只是没什么可看的，因为地层结构基本毫无变化。压强已经升至一千个大气压，不久之后，任何空隙将不复存在，就连岩石自身都将化为流体。我继续一英里接一英里地下降，这时只有一团白雾在屏幕中浮动。有时声波遇到致密金属的集群或矿脉，回声返回，会将"白雾"吹开一阵子。随着深度增加，这种现象越来越少——或者是它们的体积渐渐变小，已经探测不到了。

当然了，图像的比例在不断扩大，现在从这一边到另一边已横跨好几英里。我感觉自己就像一个飞行员，身在万米高空，正穿过绵延不绝的云层俯瞰大地。有那么一瞬间，我突然想到自己正在看着一片无尽的深渊，顿时，一阵眩晕感袭来，整个世界在我眼里都不像以前那么坚固了。

深度接近十英里，我停下来看着教授。图像好长时间没有变化了，我知道，现在就连岩石都被压紧，变成了毫无特色、品相单一的物质。我快速心算一下，结果被吓了一跳，这里的压强已达到每平方英寸至少三十吨。现在，扫描仪转动得相当慢，渐渐式微的回声需要好几秒才能从地下深处挣扎着返回。

"好吧，教授，"我说道，"祝贺你，这是个惊人的成果。不过，我们好像已经到达地核了。我认为，从现在起直到地心，不会再有任何变化了。"

他略带嘲讽地微笑。"请继续。"他说，"还没完呢。"

他的语气另有深意，让我有些迷惑，还有些警觉。我直勾勾地盯着他看了一会儿，在阴极显像管屏幕的蓝绿色荧光掩映之下，他的表情只是隐约可见。

"这仪器究竟能探多深？"我一边问，一边开动机器，继续向下。

"十五英里。"回答言简意赅。不知他是怎么做到的，上一次我能清晰看到的景象只停留在地下八英里。我继续向下穿过岩层，扫描仪越转越慢，现在它要花上五分钟才能转满一圈。教授站在我身后，我能听到他那沉重的呼吸声，他用双手紧紧握住我的椅背，甚至抓得咔咔直响。

突然，屏幕上出现了模糊的条纹。我激动地身体前倾，不知这是不是人类第一次观测到地球的钢铁核心。扫描仪迟钝得简直令人痛苦，它缓慢地转过一个直角，又转过一个，然后又一个……

我直接从椅子上蹦了起来，口中大叫："我的上帝啊！"然后转过脸看着教授。如此强烈的心灵震撼，我这辈子只有过一次——那是十五年前，我不经意打开收音机，却听到了第一枚原子弹爆炸的消息。那一次在意料之外，这一次更不在情理之中。只见屏幕上出现了一排排模糊的线条，相互交叉，纵横交错，形成一片完美而均匀的方格点阵。

我有整整几分钟一句话都说不出，扫描仪又转了一整圈，我依然呆呆地站在那里。这时，教授轻轻地开口了，语气镇定得不合常理。

"我想让你亲眼看看，而不是由我来告诉你。现在这幅图像的直径有三十英里，每个方格的边长是两到三英里，你会发现这些纵线将集中于一点，而这些横线将弯成圆弧。我们看到的是一个巨大的同心圆结构的一部分，它的圆心一定位于北方几英里之外，也许就在剑桥区域内。至于它在另一个方向上延伸出去多远，就只能靠猜测了。"

"看在上帝的分儿上，这到底是什么？"

"呃，反正不是自然形成的。"

"太荒唐了！这可是十五英里深的地下！"

教授指了指屏幕。"天晓得这是怎么回事，我已经尽力了。"他说道，"可我没法相信这样的东西是自然形成的。"

我无话可说，于是他继续说下去："三天前我就发现了它，当时我想试试看这台仪器的最深探测距离是多少。我还能探得更深些，但我发现眼前的结构密度太大，没法再传送声波了。

"我想过十多种理论，但最后只有一条站得住脚。我们知道，那里的压强一定高达八千到九千个大气压，温度足以使岩石熔化，几乎是完全的真空。假设那里有生命存在——当然，绝不可能是有机生命——那一定是某种处于压缩态的高密度生命。这种生命物质的表层电子极少，甚至完全丧失。你明白我的意思吗？对于这种生命来说，哪怕是地下十五英里处的岩石，产生的阻力也和水差不多——而我们，还有我们整个世界，在他们眼里更像是虚无缥缈的鬼魂。"

"那我们看到的东西是……"

"一座城市，或者类似的东西。你已经看到它的规模了，所以可以自行判断建造它的文明发达到了什么程度。我们已知的整个世界——包括海洋、大陆和山川——就像是一层薄雾，包裹着这个超出我们理解能力的世界。"

我们两个半晌无言。作为世界上最早发现这个惊天真相的二人之一，我简直要被震傻了。这一定是真的，不知怎的，我一点儿也不怀疑。而且我想知道，一旦真相公之于众，其他人会有何反应？

后来，我打破了沉默。"假如真是这样，"我说，"为什么他们——不管他们是什么——从来没跟我们接触过？"

教授怜悯地看着我。"我们已经算是一流的工程师了，"他说，"可我们费了多大的劲儿才发现他们？再说，我不相信从来没有过接触，想想神话里那些来自地下的生灵——巨怪、地精，等等。不，这不太可能——我收回刚才的话。不过，这个想法倒挺有启发性的。"

在这期间，屏幕上的线条始终没有改变，那模糊的网络一直闪烁着微光，挑战着我们的理智。我试着想象那里的街道、房屋，还有居住其间的生物。这种生物可以在白热的岩石间穿行，就像在水中巡游的鱼类。太梦幻了……然后我又想到，人类赖以生存的温度与压强的范围实在是太有限了。对于宇宙中温度动辄上千甚至上百万的世界来说，我们——而不是他们——才是真正的怪物。

"那……"我结结巴巴地问，"我们该怎么办？"

教授急切地朝我俯过身来："首先，我们必须多了解他们；然后，还得严格保密，直到我们确定真相。如果消息泄露出去，你能想象会造成多大的恐慌吗？

当然，真相迟早会暴露，但我们可以一点一点地透露给世人。

"你应该明白，地质勘探已经不是我工作的重心了。接下来第一步，我们要修建一系列观察站，探明这片地下世界的范围。我设想它会以十英里为间隔向北延伸，但我打算先在伦敦南部建立第一座观察站，看看它的范围有没有这么广。整个工程必须秘密进行，就像20世纪30年代中后期，人们建造第一批军用雷达防线时一样。

"与此同时，我还要继续增强发射器的动力，希望能把波束的输出功率进一步调小，从而大幅增强能量集中性。不过这将涉及大量机械方面的难题，我需要更多的资助。"

我同意尽最大可能伸出援手，教授还希望您能尽快亲自光临他的实验室。在此附上一张屏幕截图的照片，尽管不如原版清晰，但我希望它能证明我们的观察结果并无差错。

我清楚地知道，我们向星际学会提供的拨款已使今年的总预算捉襟见肘，但我确信，对眼下这个发现立即开展研究，远比探索太空重要得多。它将对整个人类的哲学思想体系及未来发展都产生极其深远的影响。

我起身坐好看着卡恩。文件上有好多细节我还没搞清楚，但主要意思已经很清楚了。

"是啊，"我说道，"很有趣！照片在哪儿？"

他递了过来。照片质量很差，在转到我手上之前已经复制过无数次。但上面的条纹依然明显，我一眼就认出来了。

"他们确实是一流的科学家。"我钦佩地说，"没错，这是喀拉锡安。我们终于发现了真相，尽管这浪费了我们三百年的时间。"

"你不感到惊讶吗？"卡恩问道，"想一想你翻译的堆积如山的材料，还要费尽辛苦赶在它们蒸发之前全都复制一遍。"

我坐了一会儿，一言不发，心中想着这个奇怪的种族，而我们正在考察他们的遗物。那是唯一一次——绝没有第二次了——我沿着工程师开启的巨型通道爬上了影子世界。那是一次令人惊恐但又毕生难忘的经历，层层叠叠的增压服让我举步维艰，尽管隔着绝缘层，我仍能感觉到紧紧裹挟我的难以名状的严寒。

"真是太遗憾了。"我陷入了冥思，"我们的出现居然彻底毁灭了他们。他们是个聪明的种族，我们本可以向他们学到很多东西。"

"这不能怪我们。"卡恩说道，"我们从不相信在那么糟糕的环境中还有生物存在——接近真空，几乎是绝对零度。这是没办法的事。"

我无法同意："我认为这恰恰证明他们才是更有智慧的种族，毕竟是他们先发现我们的。想当初，我爷爷说他探测到来自影子世界的辐射源，还说那一定不是自然形成的，结果人人都嘲笑他。"

卡恩用一根触手拂过这份手稿。

"我们确实发现了辐射源。"他说，"注意日期——正好是在你爷爷有了发现之前一年。这位教授一定搞到了充足的资金！"他令人不快地大笑起来，"当他发现我们钻出地表，就在他眼皮子底下，肯定把他吓得够呛！"

我几乎没听到他在说什么，一阵不自在的感觉突然袭过我的全身。我想到了铺展在伟大城邦喀拉锡安脚下数千英里深的岩层，它们的温度越来越高，密度越来越大，一直伸向地球神秘莫测的核心。然后，我转向卡恩。

"一点儿也不好笑。"我静静地说，"也许接下来就该轮到我们了！"

无限永恒的时间

一阵轻轻的敲门声响起，罗伯特·艾什顿下意识地迅速扫视一眼房间。室内陈设低调但体面，让他很满意，想必也能让任何来访者安心。虽然他没有任何理由相信来人会是警察，但也没必要冒无谓的风险嘛。

"请进。"他一边说，一边伸手抓过身边书架上的《柏拉图对话集》。这么做未免有些卖弄之嫌，却总能给来访者留下深刻的印象。

门慢慢地开了。一开始，艾什顿只顾埋头专心读书，连眼皮都没抬。但他的心跳微微加速，胸腔有些紧缩，心中抑制不住地兴奋。当然了，对方不可能是警察——如果是，有人事先会通知他的。不过，任何事先没有预约的访客都有些不寻常，总有些潜在的危险。

艾什顿放下书,朝门口瞥了一眼,用一种暧昧的语气说:"我能为你做点儿什么?"他没有起身,很久以前他就把"礼貌"丢到九霄云外去了。再说,进来的是个女人。如今,在他厮混的圈子里,女人们已经习惯了男人奉上的珠宝、华服与钞票——却唯独没有尊敬。

然而,真正让他挪不动脚步的,是来访者身上那独有的气质。来人不光拥有美貌,还有一种泰然自若的风度,可以让她轻而易举跻身于上流社会,绝不像他在工作中经常见到的那些浮夸的荡妇。在那双平静如水、秀色可餐的双眸背后,一定有一颗睿智的头脑,还有坚定的意图——对方的头脑,艾什顿猜,恐怕不在他自己之下。

他还不知道,自己是多低估了她。

"艾什顿先生,"她开口了,"让我们开门见山吧。我知道你是谁,我有份工作要交给你。请你先看看这个。"

她打开一只又大又时髦的手提包,取出一个厚厚的纸袋。

"你可以把这……"她说,"当作订金。"

她把纸袋随手扔了过来,艾什顿抬手接住。里面是一捆钞票,他这辈子都没见过这么多钱——至少五百英镑,全是崭新的票子,还是连号的。他用手指一一捻过。如果都是假币,那也太像真的了，简直无从分辨。

他把拇指按在钞票边缘，来来回回地摩挲着，好像在摸一沓做过记号的扑克牌。他意味深长地说："我想知道你是从哪儿弄来这些钱的。如果不是假钞，那它们一定非常'烫手'，还会有些非常规的流通渠道。"

"当然是真的。不久以前，它们还待在英格兰银行里。如果你不想要就烧了吧。我只不过想借此表示一下诚意。"

"请继续说。"他指了指屋内唯一一把椅子，把胳膊肘搭在桌缘，坐直身子。

女人从大号手提包里抽出一叠纸，隔着桌子递给他。

"如果你能把单子上这些东西平平安安地带出来，在特定的时间，送到特定的地点，让我付多少钱都行。而且我保证，做这笔生意，你不会有任何人身危险。"

艾什顿看了看单子，然后叹了口气。这个女人一定是疯了。还有，她倒是蛮幽默的，这笔生意可要好多钱啊。

"我注意到……"他审慎地说，"名单上的所有东西都保存在大英博物馆里，毫不夸张地说，其中大多数都是无价之宝。我是说，这些东西你压根儿没地方买，更没有地方卖。"

"我没想卖出去，我是个收藏家。"

"我看也是。为这些'收藏品'，你打算出多少？"

177

"你开个价吧。"

一阵短暂的沉默。艾什顿权衡了一下可能性。在这个工作领域里,他有一种强烈的身份自豪感,但有些东西不是有钱就能搞定的。不过嘛,看看价钱能抬高到多少,也是很有意思的事。

他又看了看单子。

"这么多宝贝,我想一百万才算是公道的价码。"他语带嘲讽地说。

"你以为我是来找你寻开心的?根据我们对你的了解,你足以胜任这份工作。"

半空中一道亮光闪过,有个闪闪发光的东西飞了过来。是一串项链,在它落地之前,艾什顿一把抓住,随后不由自主地倒吸一口冷气。珠宝在他手中熠熠生辉。中间那颗宝石尺寸之大他平生未见——这一定是世界上最著名的宝石之一。

看着他把项链揣进口袋,来访的女人却是一脸无所谓。艾什顿被彻底镇住了,他知道,这女人绝不是在演戏。对她来说,这件顶级的珠宝跟一小块方糖没什么两样。她究竟疯到了什么程度?

"我就当你出得起这笔钱吧,"他说,"可你认为你的要求真有可能实现吗?也许有人可以偷走单子里的一样东西,可在几个小时之内,博物馆里便会挤满了警察。"

反正口袋里已经有了一大笔"订金",他也可以说得更直白些了。况且他很好奇,想从这位神秘的来访者口中多套些话出来。

对方有些遗憾地笑了笑,仿佛是在迁就一个迟钝的孩子。

"如果我能提供帮助,"她轻轻地说,"你愿意干吗?"

"当然——为了那一百万。"

"自打我进来以后,你就没觉得有些不对劲儿?是不是——太安静了?"

艾什顿屏气细听,上帝呀,她说得没错!哪怕是在夜间,房间里也从没这么安静过。风掠过天台时总会发出呜呜音,现在怎么没了?从远处传来的嘈杂的车流声也停息了,五分钟之前他还在咒骂街道尽头集装箱堆积场上的引擎轰鸣声。这是怎么回事?

"看看窗外。"

他听话地走过去,将脏兮兮的花边窗帘拉到一边,他努力克制着,但手指还是不由自主地微微颤动。然后他放松下来。街道上空无一人,和平时的上午十点钟前后差不多。没有人,自然不会有声音了。他又朝堆积场那边的昏暗肮脏的房子瞄了一眼。

他身子一僵,浑身发抖。来访的女人笑了起来。

"告诉我，你看到了什么，艾什顿先生？"

他慢慢转过身，面色苍白，喉咙处的肌肉一阵阵发紧。

"你到底是谁？"他喘着粗气，"你是女巫？"

"别犯傻了。其实道理很简单，发生变故的不是这个世界——而是你。"

艾什顿再次盯紧集装箱堆积场，真是难以置信，在它上方，一缕蒸汽在空中凝结，一动不动，仿佛棉花和羊毛质地。这时他意识到，就连云彩也静止不动了，它们本该随风掠过天空才对啊。他身边的一切都不自然地静止下来，就像在高速摄影镜头下瞬间定格的照片，栩栩如生，却虚幻得极不真实。

"你是个聪明人，肯定会猜到到底发生了什么事，只是不明白怎么做到的而已。你的时间刻度发生了改变——外部世界的一分钟，在这间屋子里就相当于一年。"

她再次打开手提包。这次拿出的是一只手镯，好像是用某种银色的金属打造的，上面标有一串刻度，还有几个开关。

"你可以管它叫'个人时间加速器'。"她说道，"把它戴到手腕上，你就无所不能了。你可以随心所欲、来去自如——偷走单子上的每一样东西，把它们交给我，而博物馆的警卫连眼皮都不会眨一下。等你做完，就可以逃到千里之外，然后关闭能量场，回到正常的世界里。"

"现在,仔细听好了,照我说的做。首先,能量场的半径大概有七英尺,所以你和其他人之间至少要保持这个距离。其次,从现在开始,到完成任务之前,你不许关闭能量场——记住,这一点非常重要。报酬我已经付给你了。好了,我的计划是这样的……"

历史上还没有哪个大盗拥有过这种力量。简直太让人兴奋了——艾什顿还有些怀疑自己会不会习惯。他对这事的来龙去脉已经不感兴趣了,至少在完成任务、拿到报酬之前,他可以对此不闻不问。然后,或许他会远走高飞,离开英格兰,从此金盆洗手。

几分钟前,委托人已经先行离开了,当他迈步走上商业大街时,一切还是静止不动。尽管他有心理准备,此情此景依然让他紧张不安。他感到一阵焦虑,仿佛这一切很快就会结束,而他必须在手腕上的小玩意儿失灵之前把工作做完。不过,委托人向他保证过,那东西绝不会失灵的。

走在大街上,他放慢脚步,看着一动不动的车辆和呆滞僵立的行人。他十分小心,客户已经警告过了,千万不要离别人太近,免得他们闯入能量场。他看着周围的人群,他们真是太好笑了,还摆着时间静止之前的样子,一点儿也不优雅。他们的嘴巴半张着，就像在做可笑的鬼脸！

他要去找个帮手，尽管这与他的作风格格不入，但这项任务事关重大，他一个人应付不来。况且，这一次报酬丰厚，再找个帮手也无所谓。但艾什顿意识到，最大的问题是人选，对方必须足够聪明，不能被吓坏——或者傻得可以，把这一切都当成理所当然。最后他认定，还是前一种人更靠谱。

托尼·马尔沙蒂的家位于临街的一条小巷里，离警察局特别近，反而让人觉得是个藏身的好地方。艾什顿迈步走进院门时还瞥了一眼坐在值班台前的警察，他真想跑到警察局里找点儿乐子，但大局为重，他忍了下来。这种事还是等到以后再说吧。

他刚走近托尼的房子，房门就迎面打开了。在这个凡事都不正常的世界里，居然发生了一件如此"正常"的事，把艾什顿吓了一跳，一瞬间他也不知道这意味着什么。难道他的时间加速器失灵了？他迅速朝街上瞟了一眼，发现身后的一切还是静止不动，这才安下心来。

"哎哟，这不是罗伯特·艾什顿吗？"一个熟悉的声音响起，"真是稀客呀，大清早的居然能见到你。原来你也戴着这个奇怪的'手镯'，我还以为只有我有呢。"

"你好，阿拉姆。"艾什顿回应道，"看来这一趟水挺深的，恐怕你我都不是完全知情啊。托尼是跟你搭伙了，还是在单干？"

"不好意思。我们正在一起干活儿，他这会儿正忙着呢。"

"先别说，让我猜猜。是英国国家美术馆还是塔特现代艺术馆？"

阿拉姆·艾尔宾肯伸手捋着整洁的山羊胡子。"是谁告诉你的？"他问道。

"没人告诉我。不过，就冲你是这一行里最不老实的名画贩子，我也能猜个八九不离十了。是不是有个又高又靓的黑发美女给了你一只'手镯'和一张'购物清单'？"

"我看不出有什么理由要回答你。不过答案是'错'，是个男人。"

艾什顿愣了一下，随即耸耸肩，"我早该猜到他们不止一人。真想知道幕后黑手到底是谁。"

"对此你有什么看法？"艾尔宾肯谨慎地问。

艾什顿决定冒点儿风险，透露一些消息，以此试探一下对方的反应，"很明显，他们不在乎钱——钱这东西他们要多少有多少，有了这个'手镯'，还能得到更多。跟我见面的女人说，她是个收藏家。我本以为这是开玩笑，现在看来，她是认真的。"

"他们为什么找我们去偷画？他们为什么不自己去偷？"艾尔宾肯问。

"也许他们不敢，或者他们需要我们的……呃……专业知识。给我的清单上有些东西就是极好的证明。我的看法是，他们只是一群代理人，为一个疯狂的百万富翁服务。"

这个说法站不住脚，艾什顿心里清楚。他想听听，从艾尔宾肯的嘴里能吐出些什么高见。

"亲爱的艾什顿，"对方举起手腕，不耐烦地说，"那你怎么解释这个小玩意儿？科学之类的事我一窍不通，但我知道，这东西已经远远超越了当今的技术。只有一个答案能解释这一切。"

"请讲。"

"这些人是从'别的地方'来的，他们正在有计划地洗劫我们这个世界的财富。你明白这是什么意思吧？你应该读过火箭和宇宙飞船什么的。好吧，有些人早就开始动手了。"

艾什顿没有笑。和正在发生的事相比，这个说法并不离奇。

"不管他们是谁，"他说道，"他们很清楚自己在干什么。不知道他们找到了多少人，也许此时此刻，法国的卢浮宫、西班牙的普拉多博物馆已经被人光顾了。到了明天，全世界都会为之震动。"

他们在良好的气氛中道别，彼此都没有透露各自任务的重要细节。有那么一瞬间，艾什顿曾在心中盘算要收买托尼，但那等于与艾尔宾肯为敌，目前还没有必要。他还可以去找史蒂夫·瑞根。这意味着他要再走上一英里，因为没有任何交通工具可用。要是坐公交车走完这一路，恐怕他已经老死了。艾什顿也不清楚，在开着能量场的情况下驾驶汽车会发生什么，委托人之前警告过他，千万不要这么做。

艾什顿很惊讶，像史蒂夫这种近乎百分之百的笨蛋居然也能十分冷静地理解时间加速器。这里必须插一句，毕竟，他唯一会看的东西只有漫画书。艾什顿简明扼要地解释几句之后，史蒂夫便顺从地戴上了另一只"手镯"——出乎艾什顿意料，当时他的委托人二话没说便又留下了一只。接着，二人步行好久，走向博物馆。

艾什顿，或者说他的委托人，已经计划好了一切。他们两个先在一处公园的长凳上坐下休息，喘口气儿，再吃点儿三明治。虽然说平时不会走这么多路，但当他们终于赶到博物馆时，感觉也没那么累。

他们一起穿过博物馆的大门——尽管不太合逻辑，二人说话时还是不由自主地压低声音——然后迈上宽阔的石头台阶进入大厅。艾什顿对这里轻车熟路。当他们从呆若木鸡的管理员身边经过（当然还保持着一定距离）时，他还恶作剧地掏出阅览室的门卡冲他们晃了晃。宽敞的阅览室大厅在他们面前展开，里面还有不少人，但大多数和平时差不多，就算没有时间加速器，这里也是十分安静。

把清单上列出的图书全都搬走是份简单但却乏味的工作。书名已经选好了，它们的装帧漂亮得就像一件件艺术品，不下于它们的文学价值。书籍的选择是由知晓这次任务的人制定的。是他们亲自挑选的吗？艾什顿心想，还是说他收买了其他的专家，就像收买他一样？他想知道自己能不能有幸一窥整个阴谋的全貌。

为了取出书籍，他们还得砸碎相当数量的陈列板，但艾什顿非常小心，免得损坏书籍，包括那些不在清单之列的书。每当积了差不多的数量，史蒂夫就把它们搬到院子里，摞在铺路的石板上，直到堆成一座小山。

这些书籍会在短时间内暴露在时间加速器的能量场之外。但是没关系，在正常世界里，它们只会瞬间闪烁一下，没有人会留意的。

他们在图书馆里逗留了两个小时，中间还停下休息，吃了些点心，然后继续干活儿。艾什顿在工作间隙干了点儿私活。有一只玻璃箱子，敲起来叮当作响，立在那里闪烁着辉光，只不过，它里面的东西更加宝贵——不一会儿，《爱丽丝漫游仙境》的手稿便稳稳当当地塞进艾什顿的口袋。

看着这些古籍，他在家里时还真不敢相信。它们当中有一些作为展品在各个陈列室中展出，还有一些则很难想象为什么会被列进单子里。就好像——他又一次想起了艾尔宾肯的话——这些艺术品完全是按照外星人的标准被选出来的。这一次，有些例外，他们没有严格遵照专家的指导。

波特兰花瓶的展箱第二次被砸得粉碎①。艾什顿心想：五秒钟后，警报声便会响彻博物馆，整幢建筑将乱成一团。可同样是五秒钟后，他已经跑到千里之外了，这个想法令他飘飘欲仙。他手脚麻利地干活儿，合约上的要求渐渐圆满，这时，他开始后悔报酬要得太少了。不过，现在还为时不晚。

他十分满意地看着任劳任怨的史蒂夫，后者正抱着米尔登霍尔珍宝中②的巨大银盘走向庭院，把它放置在蔚为壮观的宝藏堆旁边。"已经够多了。"他对史蒂夫说，"晚上去我家结账。现在，先把你手上这小玩意儿摘下来。"

---

① 波特兰花瓶：现存最精美的古罗马宝石玻璃制品，从1810年起收藏于大英博物馆。1845年，一位醉酒的游客将一个雕塑扔向波特兰花瓶，花瓶被砸成200多块碎片，直到1989年，最后一次修复工作才算完成。所以本文中说它"第二次"被砸碎。
② 米尔登霍尔珍宝：英国米尔登霍尔发现的古代罗马银器，包括34件打造于4世纪的银盘，藏于大英博物馆。

他们走到霍尔本大街,选了一条偏僻的小巷,周围一个人都没有。艾什顿解下史蒂夫的"手镯",退后。史蒂夫一离开能量场,立刻便僵住不动了。他已经没用了,就让他和其他人一道回到时间的洪流中吧。不过,等到警报声响起,他也早该混到伦敦的滚滚人潮中了吧。

当他再次返回博物馆的庭院时,那堆珍宝已经不见了,取而代之的是他的委托人——她站在那儿有多久了?她还是那么端庄、优雅,不过,艾什顿觉得她看上去有些疲劳。他慢慢走近,直到他们的能量场合而为一,二人之间不再被不可逾越的寂静鸿沟分隔。"希望你能满意。"他说道,"你怎么这么快就把东西运走了?"

她摸了摸自己手腕上的"手镯",露出一个苍白的微笑。"除了这个,我们还有好多本事呢。"

"那你们为什么要找我?"

"出于技术上的考虑。我们选择了一些目标,但必须把它们和附近的东西分离开。也就是说,我们只能运送我们需要的东西,免得浪费有限的——该怎么说呢?——运输资源。现在,我可以收回'手镯'了吗?"

艾什顿慢慢地将另一只"手镯"递了过去,却没有解下手腕上的那只。这么做可能会有危险,但从一开始,他就有了这种打算。

"我愿意退还一部分酬金。"他说道,"实际上,全部退还也可以——我只想要这个。"他碰了碰手腕,那只复杂精细的金属环在阳光下闪闪发光。

她看着他,脸上的表情高深莫测,笑容神似蒙娜丽莎。(艾什顿心想,那幅名画是不是也被他们拿走了?会不会跟他弄出来的宝贝在一起?他们从卢浮宫里带走了多少好东西?)

"你以为少要点儿报酬就行了?全世界所有的钱加在一起,也买不了这么一只'手镯'。"

"还有我帮你弄出来的宝贝。"

"你太贪心了,艾什顿先生。你心里清楚,得到一只时间加速器,就等于得到了整个世界。"

"那又如何?想要的东西已经到手了,你们对我们的星球还有别的兴趣?"

对方没有说话。然后,令人意外的是,她笑了:"这么说,你以为我不属于你们的世界?"

"当然。而且我知道,除了我以外,你们还找了别人。你们来自火星,还是别的你不肯说的星球?"

"我倒是很想告诉你,可你听了之后不会感激我的。"

艾什顿警惕地看着她。她这是什么意思?他做出一个大胆的举动，将他的手腕背到身后，誓死捍卫那只"手镯"。

"不，我不是来自火星，也不是任何你听说过的星球。你不会理解的，但我可以告诉你，我来自于未来！"

"未来？太荒唐了！"

"荒唐？有意思。为什么这么说？"

"如果这种事真有可能发生，我们以往的历史中将会出现无数时间旅行者。再说，这还会导致一系列悖论。回到过去，必然会改变现在，产生各种各样的混乱。"

"很有道理，可惜事情和你料想得不一样。你说的那些也只能解释为什么时间旅行不会经常发生，但在非常特殊的情况下可就不一定了，比如当下。"

"什么特殊情况？"他问道。

"在极其罕见的时刻，通过超强能量的释放，便有可能产生一个……时间的奇点。奇点的产生只有几分之一秒，在这期间，过去与未来会变得十分接近。尽管还会受到诸多限制，但足以让我们把思维——而不是身体——发送到你们面前了。"

"你是说……"艾什顿问道，"我看到的这具身体是'借'来的。"

"哦，我付过钱了，就像付给你酬金一样，这具身体的主人已经同意了。在这方面我们是非常认真的。"

艾什顿的脑子飞速地运转。如果这故事是真的,那他的优势便相当明显了。

"你是说……"他继续问道,"你们没法直接控制一切,所以必须通过人类代理人?"

"是啊。就连这些'手镯'也是在我们的精神控制之下,在地球上制造的。"

她说得太多、也太直接了,完全暴露了自己的弱点。艾什顿的脑中已经响起了警告信号,可他陷得太深,已经迫不及待地要反扑了。

"所以在我看来,"他慢慢地说,"你没办法强迫我把'手镯'交还回去。"

"千真万确。"

"这才是我想知道的。"

她冲他微笑,笑意里饱含深意,让他一直冷到骨髓里。

"我们不记仇,也没那么不厚道,艾什顿先生。"她静静地说,"我接下来要做的,完全出于我的正义感。既然你这么想要'手镯',那就留着吧。而且,我会告诉你它还有哪些用处。"

在那一刻,艾什顿突然产生一股强烈的冲动,差点儿就把手镯还给她了。对方一定也猜到了他的心思。

"不，已经太迟了。我强烈要求你留着它。我还可以保证一点——它绝不会失效。它会陪伴你……"她又露出了神秘的笑容，"……度过余生。"

她接着说："如果你不介意的话，陪我走走好吗，艾什顿先生？我的任务已经完成了，在我永远地离开之前，想再最后看看你们的世界。"

没等他作出回应，她转身朝大门走去。在好奇心驱使之下，艾什顿跟了上去。

二人一言不发，一直走到托特纳姆法院路，置身于僵直不动的人群中间。她在那里停了一会儿，盯着熙熙攘攘却又无声无息的人们，叹了口气。

"我不禁要为他们感到遗憾，还有你。我不明白你们为什么会变成这样。"

"这是什么意思？"

"艾什顿先生，刚才你还暗示说未来人不会回到过去，因为那将改变历史。很敏锐的看法，不过，恐怕不够恰当。要知道，你们的世界已经没有可以改变的历史了。"

她伸手指向街对面，艾什顿迅速转过身。除了一个报童正蹲在一摞报纸跟前，那边什么都没有。一幅条幅在微风中飞舞，在静止不动的世界里划出一道难以置信的曲线。艾什顿费了好大劲儿才看明白上面的潦草单词：

"超级炸弹今日试爆"

耳边的声音仿佛是从很远的地方传来的。

"我告诉过你，哪怕是这种极受限制的形式，时间旅行也需要极大的能量——远远超过一枚炸弹所能释放的，艾什顿先生。不过，炸弹仅仅是个开始……"

她指了指他们脚下坚实的地面。"你对自己的星球有多少了解？恐怕不多吧。你们知道得太少了。不过，你们的科学家早就发现，在我们脚下两千英里深处，就是地球致密的液态核心。地核是由压缩态的物质构成的，介于两种稳定状态之间。给予一定的刺激，它就会由一种状态转化为另一种状态，就像伸出一根手指，跷跷板就能上下晃动一样。不过这种转化，艾什顿先生，将会释放出超强的能量，相当于创世以来的所有地震同时爆发。海洋和大陆会被震向太空，太阳系中会多出一条小行星带。

"这样的大灾变会在各个世代中产生共鸣，还会让你们的时代在我们面前开放几分之一秒。就在这个瞬间，我们会竭力抢救出你们这个世界的珍品和宝藏。我们能做的只有这么多了。就算你的动机是出于百分之百的自私和谎言，你在无意之间也为你们的种族做了一件大好事。

"现在，我必须返回飞船了，它正在距今十万年的地球废墟中等着我。那只'手镯'就留给你做个纪念吧。"

她还真是说走就走，女人突然僵直不动了，变成了寂静街道上的另一尊雕像。现在只剩他孤身一人了。

孤身一人！艾什顿抬起手腕，把闪烁着微光的"手镯"举到眼前，那错综复杂的工艺，还有其中蕴藏的能量令他眩晕无比。这笔交易很划算，他得到它了。他拥有了近乎无限的时间——代价则是与世隔绝，再也无人知晓。一旦他关闭能量场，这个世界最后的几秒钟便会不可阻挡地飞逝而去。

几秒钟？实际上，已经不足几秒钟了。因为他知道，那颗炸弹一定已经引爆了。

他坐在人行道边上，开始思考。现在不需要恐慌了，他必须要冷静，不能歇斯底里。毕竟，他有的是时间。

无限永恒的时间。

"地球啊，我若忘记你……" ①

---

① 本文标题出自《旧约圣经·诗篇》第137篇："耶路撒冷啊，我若忘记你。"这是一首怀乡之歌，是古代犹太人国破家亡，被巴比伦帝国掳掠流放时的求告诗。

那一年，马文十岁。父亲带着他穿过长长的、回音阵阵的走廊，一路上行，经过管理区和动力区，直达最顶层的农场。他们在快速成长的植物中间穿行，马文很喜欢这里——他饶有兴致地看着那些高大、颀长的花草，它们的长势十分惊人，几乎肉眼便能看得出来。阳光经过塑料圆顶的过滤后投射下来，静静地洒在迎接它的植物上。这里到处充满了生命的气息，唤醒了他心中不可名状的渴望——他呼吸的不再是生活区里那又干又冷的空气，也闻不到其他污浊的味道，除了一股淡淡的臭氧味。他希望自己能在这里多待一会儿，但父亲不答应。他们继续朝前走，一直来到天文台的入口处，他以前从未来过这儿——但这里还不是终点。马文一下子明白了，同时心中升起一阵激动。现在目标只有一个了,他要到"外面"去了。在他的生命中,这还是第一次。

宽阔的服务区里停着十多辆陆行车,它们的充气轮胎又宽又大,车上还有一间间压力舱。父亲一定是早有预约,立刻有人上前来,领着他们走向一台小型巡逻车。车子停靠在气密舱的巨大圆形舱门前。马文心中既紧张又兴奋,他钻进狭小的车厢,坐好,父亲发动引擎,检查控制面板。在他们身后,密封舱内舱门的气锁缓缓滑开,随即关闭——他听到空气泵发出轰鸣,空气渐渐排出,直到舱内气压降至零。"真空"显示灯亮起之后,外舱门两边分开,马文从未亲眼得见的陆地在眼前铺展开来。

他只在照片中看过这一幕,在电视屏幕中也见过上百次。但是现在,这一切就在眼前。滚烫的大地上方有一轮炙热的骄阳,正缓缓地爬过墨黑色的天空。他把眼睛转向西边,避开辉煌刺眼的太阳——那边居然能看到星星,虽然以前有人对他说过,可他从来不敢相信。他看了很长时间,心中惊叹竟有东西虽然这么小,却又如此清晰明亮。它们就像嵌在天空中的小斑点,一点儿也不闪烁。这时他突然想起一段歌词,是在父亲的一本书中读到的:

"一闪一闪亮晶晶,

　　满天都是小星星。"

　　好吧,他知道什么是"小星星",连这都不知道的家伙一定是个超级大笨蛋。可是"一闪一闪亮晶晶"是怎么回事呢?看一眼就知道,那些星星虽然会发光,但光线稳定,丝毫也不会闪烁呀。他想了半天不得要领,便把这难题抛到一边,集中精力观察身边的景色。

　　他们正以每小时一百英里左右的速度穿越一座坦荡的平原,巨大的充气轮胎几乎扬不起一丝灰尘。现在已经看不到庇护所的任何标志了——刚才他一直在注视星空,庇护所的圆顶穹顶和无线电接收塔已经隐没于地平线之下。不过,在前方一英里处,还是可以看到另一处人类存在的迹象。

　　马文看到一丛奇形怪状的建筑群,它们簇拥在矿山前面,一根短粗的烟囱里时不时还会喷出一股蒸汽,瞬间分散,消失无踪。

　　他们转眼之间便越过了矿山。父亲把车开得飞快,让人既有些害怕,又有些兴奋,好像是——男孩心中突然冒出一个奇怪的念头——好像父亲是在逃避着什么。几分钟后,他们抵达了高地边缘,原来庇护所建立在一座高原之上。下方的大地延伸开去，轮廓清晰，线条分明，令人目眩的陡峭斜坡掩映在阴影当中。极目远眺，直至目光所及之处，是一片支离破碎的贫瘠荒原，布满山峦与沟壑、火山口与陨石坑。那些山脉峰峦高耸，直抵下垂的骄阳，仿佛火焰冲天的孤岛，正在黑暗之海中熊熊燃烧——在它们头顶，群星依然夺目，光芒却恒久不变。

前方看似没有路了——其实是有的。车子沿着陡坡徐徐移动，开始了漫长的下坡之旅，马文紧紧攥住了拳头。随后，他看到一条小路通往山腰，几乎无从得见，这才算松了口气。看样子，其他人很早以前就是沿这条路下山的了。

令人吃惊的是，夜色突然之间降临了，好像他们穿过了昼夜分界线似的。其实，这是因为太阳已经降到了高原的顶峰之下。车头一对探照灯射出两道明亮的蓝白色光柱，照亮了车前的岩石，所以他们无需减速慢行。车子在山谷间穿行了几个小时，又从群山脚下飞驰而过。那些山好高啊，尖顶参天，仿佛一把梳子从群星之间捋过。有时候，车子爬到地势较高处，还会有阳光时不时从峰峦之间渗出，洒遍他们全身。

现在，车子右侧是一片高低起伏、灰尘满布的平原，左侧则是城墙与露台一般的森严壁垒，层层升高，一直爬上天际。这面山墙高高挺立，山顶直抵这个世界的边缘，视线已难以企及。在这片土地之上，看不到半点儿人类勘察过的迹象，但他们一度经过了一堆坠毁火箭的残骸，旁边还有一座石冢，上面立着一尊金属十字架。

在马文看来，这片山脉似乎永远也没有尽头——终于，好多个小时之后，山脉的终点出现了，那是一段高耸、陡峭的陆岬，从一群小山中异峰突起。父亲驱车开进一条浅浅的山谷，又沿着一段长长的弧形山路绕向山脉的另一侧——在行驶过程中，马文慢慢发现，就在前方，发生了一些十分奇怪的现象。

这时的太阳已经完全降到右侧的群山背后——他们眼前的山谷本该一片漆黑，可是，一道冷冷的白色光辉却从车子行驶的峭壁之下漫溢上来，充斥了整片山谷。然后，突然之间，他们开进一片开阔的平地，冷光的源头展开荣耀的身姿，横在他们面前。

狭小的车厢里静谧无声，就连发动机都停了下来，唯一的声响只有氧气输入车厢时的窃窃私语，以及车子外壁散发热量时偶尔发出的金属噼啪声。那轮硕大的银色圆盘低低地悬挂在遥远的地平线之上，大地笼罩着一层珍珠似的柔光，却没有一丝暖意。它是如此光辉夺目，过了几分钟之后，马文才适应了它的光芒，才敢用正眼去看，结果一下子就被吸引住了。他认出了那上面的大陆轮廓，还有大气层的模糊边界，以及浮岛一般的朵朵白云。虽然距离遥远，他依然能看到极地冰盖反射的刺眼阳光。

真是太美了,跨越时空的深渊,它已经深深触动了马文的心灵。在这轮闪耀的圆盘之上,有他从未见过的所有奇迹——夕阳西下时天空的色彩,海浪拍打卵石海岸时的低吟,雨滴落地的轻柔,积雪无声的祝福……这些,还有上千种其他的馈赠,原本是属于他的合法遗产,但如今他只能从书籍和古老的影像记录中得知这一切。一想到这里,他的心中充满了被放逐的苦闷与哀伤。

他们为什么回不去了呢?在朵朵流云之下,一切似乎都是那么平静。马文的双眼已经适应了刺目的强光,他看到圆盘上有些区域本该是一片黑暗,却依然闪烁着微弱但又邪恶的磷光——随后,他想了起来。他正看着的是世界的火葬场——哈米吉多顿①之后充满辐射的战后废墟。穿过二十五万英里的空间,核弹爆炸后的余烬依然清晰可见,这是那段毁灭性时期的永久纪念。还要再过几百年,碎石瓦砾间致命的光辉才会暗淡下去,生命才有可能回归,填满那片沉默无言、空虚寂寥的世界。

现在,父亲开始说话,他把整个经过讲给马文听。马文从前就听过这个故事,当时他觉得这一切和童话没什么两样,

---

① 哈米吉多顿:出自《新约圣经·启示录》,是善与恶最后决战的战场,"世界末日"及"上帝审判人类"的代名词。

直到此时此刻，他才有了不一样的感受。很多事情他还不明白——他从未亲眼见过那颗星球，也就不可能想象得到那些五光十色、多姿多彩的生命；同样，他也无法理解那场战争，战争最终毁灭了整个世界，只留下一座庇护所，它因为远离人群才得以保存，成了人类最后的希望。但他体会得到最后时日里的创痛，庇护所里的人们终于意识到，再也不会有运输船喷出熊熊火焰，穿过群星，从家园带来补给。无线电台一个接一个失去消息，在地球的阴影中，城市里的灯光接连暗淡，彻底熄灭。最后他们孤立无援，之前的人们从没有这么孤苦无依过，他们的手中承载着人类的未来。

接下来的岁月令人绝望，生存之战旷日持久，对手则变成了这片残酷、野蛮、充满敌意的世界。最后，人类勉强地赢了——这块小小的生命绿洲战胜了最严酷的自然环境。若不是抱有一个目标，一个值得为之奋斗的未来，庇护所的人们也将丧失求生的意志，这是任何机器、技艺，甚至科学都无法替代的。

于是，马文终于明白了此次朝圣之旅的意义。那个世界已然失落，只存在于传说之中，他再也无法在溪水旁散步，再也无法倾听远山之上的隆隆雷鸣。虽说总有一天——但要多久呢——他孩子的孩子将会返回地球，继承他们的遗产。狂风和暴雨会冲刷那片干枯的大地，洗去上面的毒尘，将其冲入大海，并在大洋深处将毒物分解，直到它们不再戕害万物。到那时，停靠等候在寂静荒原上的无数飞船会再次起航，飞向太空，沿着来路，重返家乡。

如今，这还只是一场梦——总有一天，马文脑中突然闪过一个念头，他要将这个故事传给他的儿子，同样是在这里，身后群山拱绕，天空中银光流溢，洒满他的面庞。

回去的途中，他始终没有回头。在路旁的岩石上，地球那清冷而壮丽的辉光渐渐消散，令他为之动容，难以承受。他就要返回庇护所，与其他人一起共度被流放的漫长时光。

绿手指[1]

---
[1] "绿手指": Green Fingers，在英文中喻指精通园艺的人。

真是遗憾，现在已经太迟了，我再也无法了解弗拉基米尔·苏洛夫这个人了。在我的印象中，他个子不高，喜欢安静，能听懂英语却说不了几句，更无法用英语与别人流利地交谈。他身上有很多谜，我猜就算是同事也对他了解不多。每次我登上齐奥科夫斯基号，都会看到他坐在角落里，要么在笔记本上写写画画，要么用显微镜观察着什么。飞船里的空间又狭小又密闭，可他就是不合群，好像有什么隐私不愿示人似的。其他船员对他的孤僻却不怎么介意，每当提起他时，语气里明显带有一种宽容与尊敬。这很正常，正是因为他的工作，才让北极圈以内长满了繁茂的花草树木，也让他成为了世界上最有名的苏联植物学家。

登陆月球的苏联探险队中居然会有一位植物学家，这个消息让大家嗤笑了好久。实际上想一想，也没什么好奇怪的，就连英国和美国的飞船也带来了几位生物学家。在第一次登月行动之前的几年里，有大量迹象表明，尽管月球表面没有空气，水源匮乏，但仍有可能生活着某种形式的植物。苏联科学院主席是这一理论最坚定的支持者，可惜他年纪太大，无法登上月球亲自验证，只好退而求其次，把这个任务交给了苏洛夫。

可是，我们各方探险队把登陆点周围几平方英里的月球表面翻了个遍，也没能找到任何存在植物的迹象，无论是活体植物还是化石，什么都没有。这真是冷酷的月亮给予我们的最大的打击。有些人虽然百分之百相信月亮上不可能有生命存活，心里却依然希望有人能证明他们是错的——他们确实错了，五年以后，理查兹和香农在埃拉托斯特尼陨石坑内部有了重大发现，但那都是后话了。在第一次登陆期间，苏洛夫来月球似乎只能是白跑一趟。

但他并没有表现得特别沮丧，反而跟其他成员一样忙得不可开交，有时研究土壤样本，有时照看实验农场里的溶液培养基。农场的透明密封管道环绕着齐奥科夫斯基号，形成一道闪闪发光的网络。我们和美国人都对这种实验农场不以为然，因为我们计算过，把食品从地球运来的花销比在月球环境下种菜要少得多——除非你想在月球建立一座永久基地。从经济上考虑，我们是对的；但在士气上，我们输给了苏联人。苏洛夫在密封温室里种植了蔬菜和袖珍果树，每次我们厌倦了周围的荒凉景色，再看一眼那座小小的"绿洲"，心情马上就会变得不一样了。

身为考察队队长，我反而失去了很多现场勘察的机会。我要忙着准备材料向地球方面报告，要核查给养的数量，安排科考计划和轮值表，跟美国和苏联飞船上的竞争对手讨价还价，还要猜测接下来会出什么乱子——可惜我并不能每次都猜对。结果，我经常一连两三天无法离开基地到户外去，我的太空服甚至成了飞蛾的避风港，被大家好一阵笑话。

或许正因为如此，我对每次外出都印象深刻，邂逅苏洛夫的那一次更是让我记忆犹新。那一天，临近中午，太阳高悬在南边的山脉之上，银灰色的地球挂在它旁边隐约可见。亨德森——我们船上的地球物理学家——想到基地东边几英里远的一系列考察点去监测一下月球磁场的读数。其他人都很忙，唯独我正好无事可做，于是和他一同前往。

路程并不长，没必要动用小型电动车，况且车子的电量也不足了，所以我们决定步行。不管怎么说，我很喜欢在月球的开阔之处行走，不是因为月亮上景色奇丽——再雄浑的奇景，看多了也会让人感到无聊——而是因为我绝不会厌倦这种走起路来毫不费力的感觉。我们慢悠悠地甩开大步,仿佛腾云驾雾一般自由自在,在航天时代到来以前,人们只能在梦中经历这一切。

我们很快就完成了任务。在返回飞船的半途中,我突然看到一个人影正穿过平原,就在我们南方大约一英里远处——那边距苏联基地已经不远了。我放下头盔中的望远镜,仔细观察那位探险者。当然了,就算距离很近,你也很难认出一个裹在太空服里的人,不过太空服上总会印有不同的颜色和号码作为标记,所以还是可以分辨出对方的身份。

"那人是谁?"亨德森问。为了彼此联络,我们已把短波无线电调到了同一频率。

"蓝色太空服,号码是3——应该是苏洛夫。可我不明白,他怎么只有一个人?"

在月球考察期间有一条最基本的原则:绝不要单独一人跑到月球表面去。在那里,很多意外都有可能发生,如果有人陪伴还不要紧,但孤身一人,麻烦可就大了。比如说,如果你太空服的后背破了个小洞,空气在慢慢渗漏,你伸手却够不着,那该怎么办?听起来很可笑是吧?可有人真的遇上过这种情况。

"也许他的搭档出了意外,他正要赶回去求救。"亨德森说,"我们最好问问他需不需要帮助。"

我摇摇头。很明显,苏洛夫一点儿也不着急,正从容地返回齐奥科夫斯基号。克拉宁是苏联探险队的队长,可能是他派苏洛夫单独出去执行任务的,这么做虽然很不人道,但却不关我的事。就算苏洛夫故意违反规定,那也与我无关,我没有义务要向克拉宁汇报。

两个月过去了,我们的队员经常能看到苏洛夫一个人出现在荒野中,他还总是躲着别人,不让其他人靠近。我私下里做了些调查,发现克拉宁队长近来压力很大,他们人手短缺,所以对安全规范有所放松。但我查不出苏洛夫究竟在做些什么,而且我没想到,他的队长居然也会被蒙在鼓里。

这事有些蹊跷,让我产生一种"早晚会出事"的感觉。果然,很快我就收到了克拉宁队长的紧密呼叫信号。我们每支探险队都发生过队员遇险的情况,这时便会向其他队伍发送信号请求帮助。但有人失踪,还不回应飞船发出的应答信号,这还是第一次。我们通过无线电匆忙开了个短会,制定好搜救路线,三艘飞船都派出救援小组,向各个方向散开找寻。

这一次我还跟亨德森一组,我们下意识地沿着遇见过苏洛夫的路线找了下去。这里距苏洛夫的飞船比较远,我们已经把这一带看成了属于我们的"领地"。当我们顺着坡度较小的山坡向上攀爬时，我突然间想到，也许那个苏联人藏着什么秘密，连他的同事都被瞒过去了。至于究竟是什么秘密，我就无法想象了。

亨德森找到了他，并通过太空服的无线电大声呼救。可惜，已经太迟了。苏洛夫脸朝下倒在地上，宇航服瘪了下去，皱皱巴巴地裹在身上。不知什么东西打碎了他头盔上的塑料面罩。从现场遗留的痕迹看，他先是跪倒在地，而后向前扑倒，当场毙命。

克拉宁队长赶到时，我们还在呆呆地盯着那个不可思议的东西——苏洛夫临死时正在检查它。那东西有三英尺高（近一米），长着绿油油的、如皮革般坚韧的椭圆形根系，还伸出无数卷须，盘踞在乱石中央。是的——根系，这是一株植物。几码开外还有两株，但比这一株小得多，颜色发黑，似乎已经枯死。

看到这一幕，我的第一反应便是："原来月球上真的有生命啊！"如果不是克拉宁队长的声音在我耳边响起，我简直不敢相信这一切竟然是真的。

"可怜的弗拉基米尔！"他说，"我们知道他是个天才，可当他谈到自己的梦想时，我们还在嘲笑他。所以他瞒着我们完成了这么伟大的工作。他用杂交小麦征服了北极，可那仅仅是个开始。他把生命带到了月球——还把自己的生命留在了这里！"

我站在那里，还没有从第一眼的震惊中缓过神来，这确实是个奇迹。今天，所有人都了解了"苏洛夫仙人掌"的历史，但这个并不准确的学名让它丧失了好多神秘感。苏洛夫在笔记中谈到了整个事情的经过，他历经多年实验，终于培育出这种植物。它的表皮强韧如皮革，可在真空中存活，长长的根须能够分泌出酸性物质，使得它可以在连地衣都无法存活的乱石之间茁壮生长，繁衍扩张。如今我们已经见证了苏洛夫第二个梦想的实现，这种仙人掌将会永远被冠以他的名字。它们将大片大片的月球岩石粉碎并分解，为更多经过改良的植物进驻月球铺平了道路，而正是这些植物，养活了月球上的每一个人类。

克拉宁弯下腰，托起同事的尸体，月球的重力很低，这么做一点儿也不费力。他摸了摸塑料头盔的碎片，困惑地摇了摇头。

"这到底是怎么弄的？"他说，"看起来像是那株植物干的，可这也太荒唐了。"

谜一般的绿色植物矗立在不再贫瘠的荒原之上，它本身的神秘，还有它带来的希望，令我们为之着迷。亨德森仿佛想了很久，这才慢慢地开口："我想我找到答案了。我刚刚想起在课堂上学到的一些植物。既然苏洛夫设计了这种植物，并让它适应月球的环境，那它是如何繁育种子的呢？种子需要尽可能远地传播出去，好找到更加适宜的生长环境。如果是在地球上，植物会选择飞禽走兽帮助传播，但月球上什么都没有。由此，我只能想到一个解决方案——有些地球植物用的就是这种方法。"

我突然发出一声尖叫，打断了他的话。有个东西"砰"的一声打到我的金属腰带上。虽然没有造成损坏，但事发突然，我又没有心理防备，结果被吓得不轻。

一粒种子落在我脚边，无论大小还是形状都像一颗李子核。在几码开外，我们看到一株"仙人掌"摊开了绿色的手指，正是它打碎了苏洛夫的头盔。他一定是发现植物已经成熟，于是弯下腰来仔细查看，却高兴得忘记了后果。在月球的低重力环境下，我曾见过一株"仙人掌"将种子投射到四分之一英里外。苏洛夫就是这样被自己的孩子近距离"枪杀"的。

长羽毛的朋友

据我所知，在太空站里，没有一条规定禁止人们养宠物，也从来没有人相信这种规定有什么必要——而且我敢说，就算真有这么一条规定，斯汶·奥尔森也不会买账的。

听到斯汶这个名字，你可能马上会想到一个身高六英尺六英寸的北欧巨汉，体壮如牛，嗓音也粗得像牛。如果真是这样，他能在太空里找到工作的概率可就微乎其微了。其实他是个结实、健壮的小个子，和早期大多数太空人差不多，体重还不到150磅，我们若想达到这个标准，就只能拼命节食了。

斯汶是最好的建筑工人之一，他手法巧妙，尤其擅长那些专业的工作。他喜欢在零重力环境下摆弄各式各样的钢梁，像慢动作似的在三维空间中大跳芭蕾舞，将建材摆放到正确的位置并焊接到一起，让它们严丝合缝，同预定的模型丝毫不差。在他和他的伙伴们手中，太空站就像一副巨大的积木，一点一点越拼越大，让我百看不厌。这项工作并不简单，需要熟练的技巧，而他们身上的太空服会让工作变得极其困难。不过，和在地球上建造摩天大楼的人们相比，斯汶的团队拥有一项极大的优势，他们可以飘远一点儿欣赏自己的手艺，不用担心被重力粗暴地吸走。

别问我斯汶为什么会想养一只宠物，也别问我他为什么会选这一只，我又不是什么心理学家。但我必须承认，他的眼光非常独到。克拉丽蓓尔几乎没有重量，食量也可以忽略不计——大多数动物都很难适应无重力环境，可她完全不必为此担心。

第一次发现克拉丽蓓尔在太空站里时，我正坐在美其名曰"办公室"的小屋子里检查器材清单，看哪些东西马上就快用完。就在这时，我听到耳畔响起一声悦耳的啾鸣，我以为声音是从对讲机里传出来的，还在等待接下来会有什么指示。可是，什么都没有，反而又传来一阵长长的、婉转的乐音。于是我猛地抬起头，却忘记了脑后的位置横着一根钢梁。这一下撞得我眼前金星乱舞、火花四射。待"星光"散去，我第一次见到了克拉丽蓓尔。

这是一只小巧玲珑的黄色金丝雀，正悬浮在空中一动不动，好似一只蜂鸟——却不像蜂鸟那样拼命地扇动翅膀，她的两翼静静地贴在身体两侧。我俩大眼瞪小眼地对视片刻，我的脑子还晕乎乎的。这时，她做了一个神奇的、向后飞的动作，我敢说，被地球重力束缚住的金丝雀绝对没有这种本事，而她只是从容地轻拍了几下翅膀。很明显，她已经学会了如何在零重力环境下飞行，而且绝不会多做无用功。

起初几天里，斯汶始终不承认这是他的宠物，不过后来就没关系了，克拉丽蓓尔成了大家的宠儿。他是在休假回来，搭乘最后一班运输船时把她偷偷带进来的——但他郑重强调，这么做，有部分原因是出于科学上的好奇心。他想看看一只小鸟在体重为零的情况下会怎样使用她的翅膀。

克拉丽蓓尔茁壮成长，越来越胖，但总的来说，这个未经批准就登上太空站的小家伙没惹什么麻烦。当地球上的大人物来参观视察时，我们能找到无数地方让她藏身，唯一的问题是，每当克拉丽蓓尔觉得自己受到打扰时，就会变得特别吵，我们有时只好随机应变，说这些奇怪的叽叽喳喳声是从通风管道和储藏室里传出来的。有几次差点儿就露馅了——可谁能想到太空站里会藏着一只金丝雀呢？

我们现在实行十二小时值班制，这不像听起来那么糟糕，因为在太空里，你只要睡一会儿就足够了。我们飘浮在空中，面对着一成不变的阳光，已经失去了"白昼"与"黑夜"的概念，但继续使用这些术语还是很方便的。于是我还是在"早晨"醒来，应该是地球上的六点钟吧。我感觉不太好，头有点儿疼，迷迷糊糊地还能想起昨晚那些烦人的梦。我花了好长时间才解开铺位上的皮带，半睡半醒地和其他值班人员会合，场面一团混乱。不过早餐时间异常地安静，有个位置上空空如也。

"斯汶去哪儿了？"我虽然这么问，实际上并不怎么关心。

"他在找克拉丽蓓尔。"有人回答，"他说哪儿都找不到。平时都是她叫他起床的。"

还经常把我也吵醒——没等我这么说出口，斯汶已经穿过门口进来了，我们立刻发现有些不对劲儿。他慢慢地摊开手掌，露出一小团黄色的羽毛，两只悲伤的小爪子直愣愣地撅在空中。

"这是怎么了？"我们问道。大家都很心疼。

"不知道。"斯汶伤心地说，"我找到时就已经这样了。"

"让我看看。"说话的是卓克·邓肯，站里的厨师、医生兼营养师。我们全都肃静下来，静静地等着。只见他把克拉丽蓓尔捧到耳边，好像在听有没有心跳。

过了一会儿，他抬起头："什么也听不到，但这不能证明她已经死了。我还从没听过金丝雀的心跳呢。"他带着歉意说道。

"给她吸点儿氧气。"有人建议道，还指了指门边壁龛里画着绿色条纹的应急氧气瓶。大家都觉得这是个好主意，于是克拉丽蓓尔被温柔地扣在一只氧气面罩下。对她来说，这哪是面罩啊，简直就是一副氧气帐幕。

让我们又惊又喜的是，她立刻就苏醒了。斯汶喜笑颜开，拿开面罩，她一下子跳到他的手指上，唱出一连串啭鸣，好像在说："小伙子们，快去厨房看看吧。"然后，又一头栽倒在地。

"我不明白。"斯汶伤心地说，"她这是怎么了？她以前从没这样啊。"

在这几分钟里，有个念头在我脑中辗转反侧。这个"早上"，我的脑袋迟钝得要命，好像一直无法摆脱睡魔的纠缠。我感觉我也应该吸几口氧气——但还没等我抓过氧气面罩，我突然如梦方醒。我转过身，对值班的工程师急切地说："吉姆，一定是空气出问题了！所以克拉丽蓓尔才会这样。我刚刚才想起来，以前的矿工常常会带着金丝雀下矿，好提醒他们有没有瓦斯。"

"胡说八道！"吉姆回答，"警报根本就没响。我们有两套线路，它们可是相互独立的。"

"呃……第二套报警线路还没接好呢。"他的助手提醒道。吉姆浑身一震，他一言不发，转身离开。我们还留在原地，一边争论，一边传递着氧气瓶，仿佛它就是和平的象征。

十分钟后，他面色窘迫地回来了。这是一起本不可能发生的事故，昨天"夜里"，我们遭遇了一场罕见的日食，在地球的阴影中，空气净化装置有一部分被冻住了，唯一一条报警线路却没有响。耗资五十万美元打造的化学与电子设备彻底辜负了我们。要不是克拉丽蓓尔，我们很快就会全都静悄悄地死掉了。

所以，现在，无论您访问哪一座太空站，都会听到阵阵鸟儿的歌唱。请不要惊讶，也不用费解，更无需惊慌——实际上，您反而应该高兴才是。因为这说明您正处于双重保护之下，而且不用多花钱。

月球上的罗宾汉

我们于黎明前登陆，这时，月球的漫漫长昼还未降临。狭长的阴影笼罩在我们周围，沿着广阔的平原延伸出去长达数英里。随着太阳在空中越升越高，影子会渐渐缩短，到了正午时分，它们会完全消失——只是现在，距月球的正午还有五天时间（这里说的当然是地球时间）。然后，还要再过七天才是黄昏。月球上的白昼差不多会持续两周，等到太阳下山，闪耀着蔚蓝光辉的地球母亲将会成为天空的主人。

我们在月球上的"第一天"过得异常忙乱，没有时间进行勘探活动。我们把设备和器材从飞船上卸下来，熟悉一下周围的外星环境，调试好大型牵引车和小型电动机车，还要搭设圆顶帐篷充当休息室、办公间和实验室——我们得在帐篷里一直住到离开。迫不得已时，我们还可以住在飞船里，只是船舱太挤了，一点儿也不舒服。说实话，帐篷也不算宽敞，可我们已经在太空里飞了整整五天，钻进帐篷简直就是进了豪华包间。帐篷是用特殊塑料制成的，非常结实，而且柔韧，充满空气之后就像一只大气球，内部还分隔成一个个独立的小房间，气密锁会把月球的真空环境挡在外面，无数空气管道连接在飞船的空气净化装置和帐篷之间，保证空气清新洁净。不出所料，美国人的帐篷体积最大，生活用品应有尽有，厨房里甚至还有洗碗槽，更不用说洗衣机了——我们和苏联人洗衣服时最爱找他们。

到了"下午"晚些时候——也就是降落后的第十天——一切才算是安排妥当，我们可以考虑开展科学考察活动了。头几批小组只是到营地周围的荒地中转了转，熟悉熟悉地形地貌。我们手里已经有了着陆点及周边地区的地图和照片，上面的细节非常详尽，但有些地方的误差却大得惊人。比如这里，在地图上看只是一块小丘，实际上却是一座大山，想要穿着宇航服翻过山去简直能把人累死；还有那边，看地图是一片无遮无挡的平原，实际上却覆盖着齐膝深的月尘，穿行其间又缓慢又艰难。

还好，这都是些小麻烦，因为这里重力很低——所有物体的重量只有地球上的六分之一——也算是一种补偿了。不过，等到科学家们开始搜集样本、演算数据，与地球方面通讯的无线电和电视线路就越来越繁忙,后来干脆变成了不间断操作,我们这些人根本插不进去。没办法,这些材料和数据比人精贵得多,就算我们回不了地球,也得把它们传送回去。

日落前两天,第一艘运送物资的全自动火箭大驾光临,降落过程严格遵守既定程序。当时,天空中群星闪耀,我们看着火箭身下喷吐着火舌,慢慢减速,下降,在落地前几秒,火箭又喷出一阵火焰,这才稳稳落地。出于安全考虑,着陆地点距离基地三英里,而在月球上,三英里的距离便足以"远在天边"。火箭最后接触地面的瞬间发生在地平线另一边,我们无缘得见。

当我们赶到着陆点时,只见火箭立在那里,角度稍微有点儿歪,三条减震架稳稳地托着它,一切完好无损。火箭里搭载的货物,从科研设备到食品供应,也是一切完好。我们带着货物凯旋,随后举办了一场迟来的庆祝会。大家工作都很辛苦,也该放松一下了。

这场聚会还真不错。要我说,克拉希尼克队长穿着宇航服大跳哥萨克舞,把气氛带到了最高潮。我们本来还想来一场体育比赛的,但室外运动有诸多限制。原因明摆着呢,只要有器材,曲棍球和保龄球还可以考虑,但板球和足球连想都别想。在这种重力条件下,一个大脚就能把足球开出去半英里——至于板球，更是连影子都别想再见着。

特雷弗·威廉姆斯教授是头一个想到在月球上应该玩什么的人。他是一位天文学家，还是最年轻的英国皇家学会会员，当这顶至高无上的桂冠落到他头上时，他只有三十岁。令他举世闻名的，是他在星际航行方面的研究成果，但很少有人知道，他还是一位箭术大师，曾连续两年蝉联威尔士的射箭冠军。所以，看到他接二连三地射中用月球火山岩撑起的靶子时，我一点儿也不惊讶。

他使用的弓很奇特。弓弦是一根金属线，弓臂则用分层复合的塑料杆制成，不知道他是从哪儿找到这些材料的。这时我才想起，那艘全自动货运火箭已被就地拆解，想必每一块零件都已物尽其用，发挥出前所未有的功效了吧。他的箭也很有意思——月球上没有空气，所以不必在箭尾插上羽毛以保持平衡，另外，特雷弗还参照来复枪的原理，对它们进行了改造，他在弓上安装了一个小配件，这样，当箭矢射出时，会像子弹一般旋转，沿着发射轨迹一路向前。

虽然这套弓箭是临时制造的，但如果你技术还行，把箭射到一英里开外还是不成问题。只是特雷弗不想浪费，毕竟箭也不是那么容易制造的，现在他对如何提高准度更感兴趣。看到箭头以近乎水平的轨迹射出，真是让人感到不可思议，仿佛它们会沿着月球表面一直飞出去似的。甚至还有人因此警告特雷弗千万要当心，那些被他射出去的箭，很可能会变成月球的卫星，绕着月亮飞一圈，直接扎到他的背上。

第二天，下一艘运载火箭也降落了，只是这一次没能按照计划进行。其实，这次着陆也很成功，可惜自动驾驶装置的感应雷达犯了个小错误，死心眼的计算机却高高兴兴地听从了命令。结果它瞄准一座高山，稳稳地降落在山顶，雄赳赳气昂昂，活像一只归巢的老鹰。基地周围有很多山，唯独这一座我们打死也爬不上去。

千呼万唤的补给就这么立在我们头顶，离地五百英尺高。再过几个小时，天就该黑了。这可怎么办？

大概有十五个人马上想到了同一个主意。接下来的几分钟里，每个人都一阵乱跑，在基地里四处翻找所有的尼龙绳。不一会儿，一捆绳索便堆在特雷弗脚下，长度足有一千码。所有人都热切地期待着。他把绳子的一头绑在箭上，拉弓，瞄准，放箭，看那架势仿佛要把星星射下来。箭往上蹿，可惜只飞到山崖的一半高，绳索的重量便将它拉了回来。

"抱歉。"特雷弗说，"我射不了那么高。而且别忘了，如果我们想把绳子挂到上面，箭头还要绑上挂钩，那可就更沉了。"

绳索在空中飞舞了好几分钟，我们看着它缓缓降落，气氛变得十分阴郁。现在的形势确实有点儿可笑，我们的飞船能量充足，足以在月球表面飞上二十五万英里——可现在，我们却被这段不算太高的山崖难住了。如果有时间，或许我们可以绕到山的另一边找条路登顶，但那需要多跑好几英里，也会增加许多危险。离太阳落山只剩几个小时，那简直就是个不可能的任务。

科学家们永远不会束手无策，只要问题尚未解决，他们就会想出无数巧妙（有时候却是过于巧妙）的方案。但这一次，情况有些麻烦，只有三个人同时想到了办法。特雷弗听了之后想了想说："好吧，可以试一下。"完全是一副死马当成活马医的口气。

准备工作花费了一点儿时间，所有人的目光中都写满了焦急。日头低垂，夕阳仅剩的余晖在峭壁上渐渐攀升，阴影蚕食着大地。我心中暗想：就算特雷弗把抓钩挂上去，想要穿着宇航服爬到山顶也没那么容易啊。看看那么高的山崖，我就头晕目眩，幸好有几位登山健将已经跃跃欲试地准备大显身手了。

终于，万事俱备。绳索经过精心的整理，确保它飞上天空时不会受到多余的阻碍。箭矢后方几英尺处的绳索上系着一只会发光的小抓钩，希望它能顺利地勾住岩石，不要掉落下来——更不要让我们失望——我们的希望全寄托在它身上了。

这一次，特雷弗用了不止一支箭。他把四支箭系在绳索上，每一支间隔两百码。我永远也不会忘记这一幕，他那一身笨重可笑的太空服在落日最后的光辉中闪闪发亮，却带有一种不协调的庄严感。他拉满弓，指向苍穹。

箭矢离弦，刺向群星。没等它飞升到五十英尺，特雷弗已经用他临时制造的宝弓射出了第二支箭。它紧紧跟随第一支的脚步，带着另一段长长的绳索跃上星空。几乎是同时，第三支箭紧随其后，又带起一段绳索——紧接着是第四支，我敢发誓，这时，第一支箭的劲头还没有出现颓势。

仅凭一支箭无法带动整条绳索，但用四支箭分段完成，想要达到预期的高度却是不难。前两次试射，挂钩都落空了，但第三次，它牢牢地挂到悬崖上——第一位志愿者开始沿着绳索向上攀爬。虽然在低重力环境下他只有三十磅重，但这么高的距离，摔下来也不是闹着玩的。

好在他没事。一个小时后，火箭里的供给品源源不断地运下山崖，在日落以前，所有重要物品都送到了地面。但我必须承认，当一位工程师骄傲地向我展示地球那边寄给他的口琴时，我的满足感一落千丈。我相信，不用等到月球的漫漫长夜过去，所有人就会被这件乐器彻底烦死……

当然了，这又不是特雷弗的错。

随后，我们一起返回飞船。我们走在这片平原上，在飞速流动的巨大阴影之间穿行，这时，特雷弗发起了一个提议。我敢肯定，从此以后，当人们看到月球第一考察队出版的内容详尽的地图时，一定会感到非常困惑。

想想看，在所有版本的月球地图中，有一片一马平川、毫无生气的广袤平原，名字叫作"舍伍德森林"[①]，当中还有一座小山异峰突起，谁看了不会感觉奇怪呢？

---

① 舍伍德森林：位于英国诺丁汉地区，传说中神射手罗宾汉居住的地方。

相会于黎明

这是帝国最后的日子。一艘小飞船远离故土，距离伟大的主舰足有一百光年，正在银河系外缘地带稀疏的恒星之间探查。即便在这里，依然逃不掉笼罩在文明头顶的阴影——处于阴影之下的人们时不时便会停下手中的工作，心中惦念遥远的故乡，不知银河系调查委员会的科学家们是不是还在忙于手中永无止境的研究。

飞船上只有三名成员，可就在这三人脑中，承载着无数科学知识，还有在太空中游历大半生的丰富阅历。经历了星际间的漫漫长夜，他们正向一颗喷吐烈焰的恒星驶去，眼前的星光温暖着他们的心灵。那点点的金光，闪闪的光辉，胜似他们儿时所见的传奇般的太阳。过去的经验告诉他们，在那里，找到合适行星的机会超过百分之九十。这一发现令他们兴奋不已，也让他们暂时忘记了一切。

进入这个恒星系不过几分钟，他们发现了第一颗行星。这是一颗巨行星，是他们熟悉的类型，可它太冷了，不可能存有原生质生命，就连行星表面也极不稳定。于是他们调头，继续向着恒星前进，不久之后便有了收获。

这个世界令他们的思乡之心隐隐作痛，这里的一切都似曾相识，他们还从没见过与故乡如此相像的星球。蓝绿色的海洋簇拥着两块宽广的大陆，两极覆盖着冰帽。大陆上有些地区被沙漠占据，但更多的土地看起来相当肥沃。即便在这么遥远的距离观望，植被的迹象依然醒目。

他们进入大气层，朝亚热带中部地区飞去，眼前的景观渐渐扩大，他们如饥似渴地望着这一切。飞船垂直降下，掠过万里无云的天空，目标直指一条大河。接近地面时，一阵无声无形的力量将飞船稳稳托住，使其降落在水边一块长长的草地中间。

几个人一动不动——在自动化仪器完成工作以前，他们什么都做不了。随后，一阵柔和的铃声响起，控制面板上灯光闪烁，这亮光看似杂乱无章，实则有迹可循。奥尔特曼船长长出一口气，站起身来。

"我们很幸运。"船长说，"如果疫病检测结果令人满意，我们到外面就不用穿防护衣了。既然我们已经降落，波特朗德，你的勘察结果如何？"

"地质形态稳定——起码没有活火山。我找不到任何城市的迹象，但这说明不了什么。假如这里有文明，或许他们已经越过了这一阶段。"

"或者还没达到这个阶段？"

波特朗德耸耸肩："两种可能都有。这么大的星球，想看个遍儿需要不少时间。"

"可我们时间不多啊。"克林德说着，瞥了一眼连接母舰的通讯面板，母舰另一头则是时日不多的银河系中央星球。一瞬间，飞船里出现一阵忧郁的宁静。随后克林德走向控制平台，手法娴熟地在键盘上一阵敲打。

伴随一阵轻微的震动，飞船表面滑开一扇小门，第四位"船员"迈步踏上行星表面。它活动几下钢铁打造的四肢，调整伺服电动机以适应当地的重力。飞船内，一块电视屏幕闪烁着开启，视野中出现了一片随风起伏的草地，不远处有几棵树，隐约还能见到一条大河。克林德按下一个按钮，机器人转动头部，画面随之平稳地来回移动。

"往哪个方向走？"克林德问道。

"先去看看那些树。"奥尔特曼回答,"如果有动物,我们应该能发现。"

"快看!"波特朗德大叫起来,"一只鸟!"

克林德的手指掠过键盘——屏幕左侧突然出现了一个小黑点儿,机器人的长焦镜头立即做出应对,画面焦点向其飞快靠拢,并迅速扩大。

"你说对了。"他说,"羽毛——鸟喙——进化相当完备。我很看好这颗星球。现在开始录像。"

机器人向前行进,监控画面晃动得厉害,但没能分散他们的注意力——他们很久以前就习惯了。可他们从来都不甘心躲在屏幕后面,由机器人作代理完成勘探工作。他们心中有种冲动,有个声音在大声疾呼,鼓动他们离开飞船,到草地上奔跑,感受微风迎面吹过脸颊。可是,虽然外面的世界看起来风和日丽,他们却不敢冒这个风险。在大自然的慈祥笑脸背后,往往深藏着一具狰狞的骷髅。野兽、毒虫、泥沼——在成千上万的伪装之下,探险者一不小心就会招来死亡。最恐怖的还有那些无形的敌人,比如细菌和病毒,上千光年的遥远距离才是对抗它们的唯一屏障。

但在机器人面前,哪怕更严酷的危险也可一笑置之。不过有时候，它还是会碰上凶猛的野兽，会被对方"杀死"——好吧，反正机器随时可以更换嘛。

机器人一路穿过草地，途中什么也没遇见。就算有些小动物在机器人经过时受到惊扰，它们也没出现在镜头中。接近大树时，克林德让机器人放慢脚步。有时，树枝会突然弹进"眼帘"，让飞船里的观察者们不由自主地往后躲闪；还有的时候，画面会突然变暗，于是镜头自动调整以适应微弱的光线，画面随即恢复如初。

森林里到处都是生命，它们有的潜伏在灌木丛中，有的攀附于树枝之间，有的在半空中飞舞。机器人经过时，它们叽叽喳喳一顿乱叫，在林木中间飞速遁逃。自动摄像机一直处于工作状态，屏幕上的一切都被记录下来，得到的材料将在飞船返回基地之后，交给生物学家做出分析。

林木一下子变得稀疏，克林德长出一口气。操纵机器人穿过森林，绕过各种障碍物，可是个劳心费神的活计。一旦走上空旷之处，机器人就可以自己照顾自己了。突然，监控画面剧烈摇晃起来，好像是挨了一记重击，金属构造发出丁零当啷的脆响，整个镜头迅速仰向天空，令人头晕目眩。机器人倒了下去。

"怎么了？"奥尔特曼大声问道，"你摔倒了？"

"不是！"克林德厉声回答，他的手指在键盘上飞舞，

"有东西从后面袭击。但愿……哦……我还能控制。"

他操纵机器人坐起来,左右晃了晃头。它很快就发现了制造麻烦的家伙。几英尺开外,有一头硕大的四足动物,愤怒的尾巴如鞭抽动,两排利齿之间写满了凶暴。很明显,此时此刻,它正在盘算要不要再次发动进攻。

机器人慢慢站起身,随着它的动作,那头野兽也俯下身子,准备猛扑过来。克林德脸上露出一丝微笑——他知道如何应付眼前的局面。他把大拇指放到一个不常使用的按钮上,那上面写着"警报"二字。

机器人的隐藏扬声器中发出一阵忽快忽慢的可怕尖叫,回声响彻整片森林。机器人迈步上前,迎向对手,双掌啪啪拍击。野兽受到惊吓,几乎向后摔倒,它连滚带爬地转过身,不一会儿就消失得无影无踪。

"这下所有东西都被吓跑了,我猜咱们得等上几个小时才能再见到它们。"波特朗德懊丧地说。

"我不太懂得动物心理学。"奥尔特曼插话道,"它们经常袭击完全陌生的东西吗?"

"有些动物会攻击所有移动的物体,但这并不常见。通常情况下,它们只攻击猎物,或者感觉受到了威胁。为什么这么问?你是说这颗星球上还有其他机器人?"

"当然不是。不过,刚才那位吃肉的老兄有可能弄错了,把我们的机器人当成了其他可食用的两足动物。你不觉得林中这条空地不像天然形成的吗?很像是条小路。"

"有可能。"克林德迅速回答,"我们应该走过去看个究竟。躲着树走快把我烦死了,可我不希望再有东西蹦出来——我的神经太脆弱了!"

"你说得对,奥尔特曼。"过了一会儿,波特朗德说道,"这肯定是条路,但不一定是智慧生物留下的。毕竟,有些动物……"

他没有继续说下去,与此同时,克林德也让机器人停了下来。小路突然变得开阔,眼前一片空地几乎完全被村庄占据,到处都是简陋的小屋。一道木篱笆环绕四周,明显是为了抵御当前尚未现身的敌人。小屋的大门都敞开着,里面的居民各自忙碌,气氛一派祥和。

三位探险家大气不敢出,大眼瞪小眼紧紧盯着屏幕长达几分钟之久。克林德的身体微微发颤,他说:"太不可思议了。这简直就是我们自己的星球十万年前的景象。我说,咱们是不是回到了过去?"

"没什么好奇怪的。"奥尔特曼一向很实际,"毕竟,和我们的生命形式类似的星球有很多,我们已经发现了一百来颗了。"

"是啊，"克林德不服气地说，"整个银河系里才一百颗！可一旦发生在你我身上，我还是觉得怪怪的。"

"好吧，可它总会发生在某些人身上。"波特朗德的语气像个哲学家，"总之，我们必须制订计划与他们接触。要是直接把机器人派进村子，准会引起恐慌。"

"那可太不专业了。"奥尔特曼说，"我们必须吸引一个原住民的注意力，让他相信我们很友好。克林德，把机器人藏好。让它到树林里去，要能观察村庄，又不被对方发现。我们有一周时间做人类学的实地研究。"

三天以后，生物检测表明离开飞船不会有危险。即便如此，波特朗德依然坚持一个人前往——一个人，就是说不把紧密陪伴在身边的机器人当成人。有了机器人的保护，这颗星球上最大的野兽也不在话下。他身体的天然防御系统也能应付当地的微生物，至少分析仪是这么说的。考虑到问题的复杂性，他们几乎没犯什么错……

他先在飞船外待了一个小时，小心翼翼地享受户外时光，两位同伴只能嫉妒地看着他。有了波特朗德打先锋，还要再过三天以后，他们才能确定这里是否真的安全。与此同时，他们还得透过机器人的镜头观察小村庄，把所见所闻尽可能录下来，这就够他们忙的了。他们还趁着夜色，将飞船转移到丛林深处隐藏起来，在准备好之前，他们不希望被原住民发现。

一直以来，从家乡传来的信息变得越来越糟。尽管三人游走于宇宙的边缘地带，遥远的距离减弱了坏消息的影响力，可它依然令人心头沉重，有时，那种无助的徒劳感甚至能把人压垮。他们知道，返航的信号随时都会响起，当帝国陷入绝境时，人们需要调动一切资源。但在那之前，他们会一心一意完成手头的工作，仿佛纯粹的知识才是唯一重要的东西。

降落后第七天，三人准备好做一次尝试。他们已经知道村民会走哪些小路去打猎，波特朗德特意选了条不常有人经过的。他在道路正中间摆上一把椅子，坐下来一边看书，一边等待。

当然，事情不可能这么简单——波特朗德已经做好所有预防措施。50码外的灌木丛中，机器人正通过可伸缩镜头向这边张望，手中还端着一把短小的致命武器。克林德在飞船里控制着机器人，他的手指悬在键盘上方蓄势待发，准备好应付可能发生的一切。

这是计划中最坏的部分——好的那一部分则比较明显。波特朗德脚下躺着一只家养小动物的尸体，若有猎人经过，希望对方愿意接受这份礼物。

两个小时后,波特朗德制服里的通讯器轻声发出警告。尽管血液在身体里急速奔涌,他表面依然显得很平静。他放下手中的书,向小路另一头看去。一个野人,右手挥舞着长矛,自信满满地走过来。看到波特朗德,野人愣了一下,然后小心地继续靠近。想必他心里清楚,这个陌生人长得清瘦,手无寸铁,应该没什么可怕的。

二人之间的距离只有20英尺了,波特朗德微笑着,试图让对方安心。他慢慢地蹲下身子,弯下腰,捡起动物尸体,伸手向前赠送礼物。任何世界上的任何生物应该都能理解这个动作,这里也不例外。野人走上前来,接过小动物,毫不费力地扛到肩上。这一瞬间,他用深不可测的目光打量着波特朗德的双眼,然后转过身,沿着来路朝村子走去。他一共回头三次,看波特朗德有没有跟着他,每一次波特朗德都面带微笑,挥手,让他放心。整个过程连一分钟都不到。两个种族之间的第一次接触没有任何戏剧性可言,也没有任何庄重感。

波特朗德站在原地没动,直到对方走出视野,他才放松下来,对着制服上的麦克风讲话。

"这是个不错的开始。"他的语气显得很高兴,"他一点儿也没受惊,也没怀疑。我想他还会回来的。"

"我还是觉得过于顺利了,反而有点儿假。"奥尔特曼的声音在耳边响起,"我认为他应该要么害怕,要么怀有敌意。如果你见到一个古怪的陌生人,会不慌不忙地接受他的礼物吗?"

波特朗德不紧不慢地走回飞船。机器人离开藏身之处,跟在他身后保持警戒。

"我当然不会。"他回答道,"可我来自于一个文明社会。如果是蒙昧的野蛮人,对待陌生人的态度恐怕就完全不同了,这要取决于他们过往的经验,我猜这个部落从来没有过任何敌人。这颗星球地广人稀,完全有这种可能。所以说,我们可以多一点儿好奇心,害怕就没必要了。"

"如果他们没有敌人……"克林德插话进来,他已经不用一门心思操纵机器人了,"干吗要用栅栏把村子围起来?"

"我是说,没有'人类'敌人。"波特朗德回答,"如果真是这样,我们的任务就会轻松不少。"

"你认为他还会回来?"

"当然。如果他跟我想象的一样,既好奇,又贪心,那他一定会回来的。再过一两天,我们就会亲密无间啦。"

波澜不惊之中,一个有趣的惯例渐渐形成。每天早上,机器人在克林德控制之下进入森林打猎,现在它已成为森林中的头号猎手。然后波特朗德会等着雅安——他们刚刚得知那个野人的名字——信心十足地沿着小路径直走来。他每天都会按时赶到，且总是独自一人。他们想知道，难道他想把这个大秘密据为己有？他的族人会不会把"猎物"当成他一人的功劳？如果真是这样，那他的心机未免过重，甚至有些狡猾了。

起初，雅安一拿到"猎物"，转身就走，好像生怕慷慨的主人改变主意。可是后来，正如波特朗德所料，简简单单变个小魔术，再展示一些色彩鲜艳的织物、闪闪发光的水晶饰品，他就会多停留一会儿，露出孩子般的喜悦之情。最后，波特朗德甚至能和他交谈很长时间。这一切都被躲在一边的机器人通过录像记录下来。

有朝一日，文献学者会分析这些视频材料。可是现在，波特朗德最多只能弄明白几个简单的动词和名词。如果雅安使用不同的单词表示同一个意思，或者用一个单词表达不同的含义，那么，理解起来就更加困难了。

在二人见面接触的这些日子里，飞船还要飞向更远处，从空中全面探索整颗行星，有时，他们还会着陆详细考察。三人又发现了几个人类聚居地，可波特朗德没有与他们接触的打算。显而易见，这些野人的文明程度和雅安的部落没什么两样。

波特朗德常常心想，命运真是开了个残酷的玩笑，他们居然在这个特殊时刻，才发现银河系中少有的另一支人类文明。

若是不久以前,这个发现必将成为最受人瞩目的焦点;可现在,整个银河系自顾不暇,哪有余力关心这些野人兄弟呢?他们只能在历史的黎明前独自等待了。

等到波特朗德确信,他已成为雅安日常生活中的一部分,便把机器人介绍给雅安。当时,他正让雅安看万花筒中千变万化的图案,克林德控制着机器人出场了。它大步穿过草地,金属手臂上悬挂着刚刚捕杀的猎物。雅安头一次见到这个"人形怪物",起初很害怕,但波特朗德出言安慰,让他放松下来,继续看着"怪物"走近。它在几步远处停下,波特朗德迎上前去。随之,机器人抬起手臂,双手奉上猎物的尸体。他表情严肃地接过,转身递给雅安。今天的猎物有些重,让他摇摇晃晃地有点儿不习惯。

波特朗德作了好多假设,他想知道雅安接受礼物时心里是怎么想的。他会把机器人当成波特朗德的主人还是奴隶呢?或许在他心中还没有形成这种观念——对他来说,机器人可能不过是另一个人,一个猎人,是波特朗德的朋友。

克林德的声音比平时稍大一些,从机器人的扬声器中传出:"太惊人了,他接受礼物时真够镇静的。难道他从没被惊吓过?"

"你还在用自己的标准评判他。"波特朗德回答,"记住,他的心理与我们完全不同,他的想法更单纯。既然他信任我,那么,我能接受的一切他都会信任。"

"他的族人也跟他一样吗?"奥尔特曼问道,"他只是一个单一的样本,推而广之就很难说了。我想看看,如果把机器人放进村落,会发生什么?"

"什么!"波特朗德大叫道,"那会吓坏他的。他还从没见过一个能同时发出两种声音的东西呢!"

"如果他见到我们三个,你说他会不会猜到真相?"克林德问道。

"不会。机器人在他眼里与魔法无异——就像火焰、闪电,还有其他别的力量。这些在他脑中已经根深蒂固了。"

"那好,接下来怎么办?"奥尔特曼问,他有些不耐烦了,"你会带他参观飞船?还是你先去他们的村子?"

波特朗德犹豫了一会儿:"我担心这么做进度太快,步子太急。你也知道,以前和外星种族接触不当时都发生过什么。我打算先让他自己想一想。等明天回来,我再试着鼓励他把机器人带回村子看看。"

回到飞船,克林德为机器人充好电,让它重新启动。至于奥尔特曼,他觉得这么做未免过分小心,于是更加不耐烦了。

不过,在与外星生命接触的整个过程中,波特朗德才是专家,他们必须听从他的吩咐。

有好几次,波特朗德希望自己也是个机器人,没有任何感觉与情感冲动,能以一视同仁的眼光,超然漠视树叶的飘落,还有世界的终结……

日头西垂之际,雅安听到丛林中传出一阵巨响。声音很大,不像人类所能发出,但他马上听出来了——这是那位朋友的声音,他正在呼唤自己。

回音渐渐平息,村里的人们停下手中的事情,就连孩子们也不再玩耍——唯有一个婴儿低低的哭声打破了宁静,突如其来的安静把他吓坏了。

雅安迅速走向自己的小屋,抓起放在门口的长矛,所有人的目光都落在他身上。大门即将关闭,以抵御夜间的不速之客,但他没有犹豫,而是大步走出村落,钻进越发深沉的阴影。经过大门时,召唤他的巨响再次响起,这一次,声音越发紧急,即便隔着语言和文化的藩篱,他依然听出了这一点。

那个闪闪发光,能用好多种声音说话的巨人正在村外不远处等他,它示意他跟上。他没看到波特朗德。他们走出一英里,这才发现波特朗德站在河边,正呆呆地凝视着缓慢流淌的晦暗河水。

雅安走近了，他转过身，一时间好像没反应过来。随后，他朝巨人一挥手，对方走开了。

雅安等待着，他很有耐心——尽管从没用语言表达出来——对波特朗德也很信任。当他和波特朗德在一起时，他第一次感觉到，对方的无私，还有不知从何而来的忠诚，是他的族人经过无数世代也不可企及的。

这是十分怪异的一幕。两个人站在河岸边，一人身着紧身制服，配备着微小而精密的机械设备；另一人裹着兽皮，手持顶端绑缚燧石的长矛。十万个世代横亘在二人之间，十万个世代啊，还有一道无边无际的时空渊薮！但他们同属于人类。在永恒的时间长河中，自然母亲周而复始，同样的演化历程一再发生。

终于，波特朗德开口说话了。他在原地走来走去，脚步急促，同时，声音里也带着一丝疯狂。

"全都结束了，雅安。我本来希望，凭借我们的知识，花上十几代人的时间，就能把你们带出野蛮蒙昧的状态。可是现在，你们只能靠自己在丛林中生活下去了，这将耗去你们上百万年的时间。我很抱歉——我们本可以做得更多。即便是现在，我仍想留在这里，可奥尔特曼和克林德提到了'责任'，我觉得，他们是对的。我们的世界在召唤我们，尽管我们做不了什么，可我们必须全力以赴。

"雅安，希望你能理解我。希望你能明白我在说什么。我会为你留下一些东西——有一些，你会搞清楚如何使用，尽管很有可能，不出一代人，你们就会把它们弄丢或者遗忘。看看这把刀——再过很多年，你们的世界也没法造出这样的刀子。好好保管这个——只要你按这个键，瞧！只要你们懂得爱惜，多年以后，它还会发光的，只是它迟早会报废。还有其他东西——尽你所能学会如何使用吧。

"东方的夜空中升起了傍晚的第一批星星。你曾经仰望过星空吗，雅安？不知要过多少年以后，你们才能发现星星的奥秘；不知到那时，我们又该怎样了呢？那些星星是我们的家，雅安，可我们无法拯救它们。许多星星已经消亡，在大爆炸中死去，我再也看不到它们了，而你能。再过十万年，这些星星燃尽的光辉才能抵达你们的世界，被你们的子孙视为奇迹。到那时，或许你们的种族已经可以抵达群星之间了。我真希望可以提醒你们，不要重蹈我们的覆辙，因为我们的所作所为，我们已经付出了代价。

"你们很幸运，雅安，你们的星球在这里，位于宇宙的边缘。你们能够逃脱笼罩在我们头上的厄运。或许有朝一日，你们的飞船会寻遍群星,就像我们当年一样。他们会找到我们那个世界的废墟,会好奇我们是谁。可他们永远不会知道,在你们的种族还年轻时,我们已经在这河边相遇了。

"我的朋友就要来了,我们没有时间了。永别了,雅安——好好使用我留下的东西。它们将是你们最宝贵的财富。"

一艘巨物,在星光掩映之下熠熠生辉,从夜空中缓缓降下。它没有落到地上,而是悬在半空,与地面之间还有一点点距离。无声无息间,一块发光的矩形门洞在巨物一侧张开。那个闪光的巨人出现在夜色中,走进金色的大门,波特朗德紧随其后。在门口,他停了一会儿,挥手向雅安告别。随后,大门关闭,黑暗将其吞没。

如同烟雾自火焰之上升腾,飞船迅速升起,越来越小,直到雅安感觉可以将它握在双手之间。飞船化作一条长长的光带,斜着扎入群星之中。虚空中传来一阵隆隆巨响,隐隐回声响彻整片沉睡的大地。雅安终于明白,神祇已去,永远不会回来。

他站在缓缓流淌的河水旁,久久不愿离去。自他灵魂深处,升起一阵难言的失落感,他永远忘不了这一切,虽然也永远不会理解这一切。随后,小心地,敬虔地,他捡起了波特朗德留下的馈赠。

群星之下，一个孤独的身影穿过无名的大地，向家的方向走去。在他身后，河流静静流淌，最终归入大海，而它蜿蜒流过的这片富饶的平原，将在一千多个世纪之后，由雅安的子孙后裔建起一座伟大的城邦——人们会称之为"巴比伦"。

岗 哨

当你下一次遥望高挂南天的满月时，千万别忘了仔细观察它的右侧边缘。请把你的目光沿着圆盘的弧线向上游移，大概在两点钟方位，你会发现一个小巧的椭圆形黑斑——只要你视力正常，找到它绝对轻而易举。这是一片群山环绕的大平原，是月球上最著名的景观之一，人们称之为"危海"——危难之海。危海直径达三百英里，四周环绕着一圈巍峨宏伟的山峦，这是一块从未有人考察过的处女地。直到1996年夏末，我们才来到这里。

我们的考察队规模庞大。其中包括两架重型运输机，负责从五百英里外位于澄海的月球主基地运送设备和供给品；还有三艘小型火箭飞船用于短途运输，帮我们越过月球车无法穿行的地带。幸运的是，危海大部分地区十分平坦。这里没有月面其他地方常见的危险大裂谷,就连大大小小的陨石坑和起伏不平的山丘都很少见。我们甚至敢说,强劲的履带式牵引车可以把我们带到任何一处,只要我们想,它就能去,毫无压力。

我是个地质学家——如果吹毛求疵的话,应该叫月球地质学家——负责领导危海南部地区的勘探小组。我们已经用了一个星期,沿着山脉脚下的丘陵地带走了一百多英里。十几亿年前,这里曾是一片古代海洋的海岸线。当时,地球上的生命刚刚萌芽,这里却已开始步入死亡。海水沿着大得惊人的悬崖侧面退却,注入空洞洞的月心内部。我们刚刚经过的月球大地,曾是一片浩瀚的海洋,水深可达半英里,如今却是潮汐不再。水分留下的唯一痕迹,仅剩点点白霜,但也只能在炽热的阳光从未染指的洞穴中偶然得见。

月球上的黎明迟缓而漫长,清晨刚刚到来,我们便踏上旅程。地球上再过一周,月球的傍晚才会降临。一天中有六次机会,我们会穿上太空服,离开牵引车,走上月球表面,搜寻有趣的矿物,或者为将来的月球旅行者树立标记做向导,都是些索然无味的日常事务。其实,所谓的"月球探险"毫无危险可言,甚至无法让人兴奋。我们也可以在牵引车的压力舱中舒舒服服地待上整整一个月。如果遇到麻烦,用无线电求助就是了,然后耐心坐等飞船前来营救我们。

刚刚我说了，"月球探险"毫无刺激可言，当然，这不全是真的。没有人会看厌那些不可思议的群山，与地球上温文尔雅的山川相比，月球上的山峰要更加雄奇。月球海洋虽已消失，仍留下许多尖岬与海角，我们经过时，谁也不知道还有哪些全新的壮丽景观会在眼前展现。危海的整个南部地带曾经是一片广阔的三角洲，从前的河流在这里注入大海，河道至今历历在目。那时，月球尚还年轻，处于短暂的火山喷发期，暴雨时时倾盆降下，冲刷过群山之后，汇入河道形成河水。每一道古老的山谷都是一场诱惑，邀请我们跨越未知的高地。可我们还要前行一百多英里，只能站在远处看看那片高地，攀登的任务就留给后人吧。

我们在牵引车里恪守地球时间，在每天的22点整，最后一次无线电信息发送回主基地后，我们就算结束了一天的工作。在车外，日头几近中天，晒得岩石依然滚烫，但对我们来说，现在是"夜晚"，直到八小时后我们再次醒来。然后，我们当中有一人准备早餐，车内传来一阵电动剃须刀的嗡嗡声，有人还会打开短波收音机，接听来自地球的消息。实际上，当油炸香肠的味道充斥压力舱时，你很难想象我们正处于一个完全陌生的世界里——一切都是那么自然，和在家里没什么两样，除了我们的体重略有减轻，物体掉落时有些慢吞吞而已。

那天轮到我做早餐，压力舱的一角已被布置成厨房。这么多年过去了，那一刻依然记忆犹新。当时，收音机里正在播放我最喜欢的曲子——一首威尔士民歌《白色岩石上的戴维》。我们的司机早已身穿太空服，在外面检查牵引车的履带。我的助手路易斯·加内特坐在前面的驾驶位，正往昨天的考察日记里补写一些过时的记录。

我站在煎锅前，感觉自己就像地球上的家庭主妇，正等着香肠炸熟，表皮爆开。我漫不经心地注视着远处的群山之墙，它们把南方的地平线遮得严严实实，排成一线向东西两个方向伸去，最后消失在月球的弧度之下。看起来，它们距牵引车只有一到两英里，但我知道，即便最近的山也在20英里开外。当然了，在月球上，你不会因距离遥远而看不清细节——这里不像地球，没有几不可见的朦胧雾气，即便是远处的物体，看上去也不会模糊，更不会变形。

那些山峰有一万英尺高，山势险峻，从平原上拔地而起，仿佛许久以前，生长在地下的长牙突然钻破熔融的地表，直刺苍穹。哪怕是最近处的山峦，它们的山脚也被参差不齐的平原地貌遮住，我们无缘得见。月球是个很小的世界，从我站立的地方到那边的地平线，恐怕只有两英里远。

我举目望向群山峰顶，那里还从未有人攀登过。早在地球人到来之前，这些山峰就见证了海洋的溃败，目睹了海水如何不甘地退回它们的墓穴，带走了这颗星球的希望，也带走了这个世界生命的曙光。刺目的阳光映射在这些森严壁垒之上，反光足能灼伤人眼，但就在山峦上方不远处，比地球严冬的午夜还要墨黑的天空中，群星闪耀，光华持久不变。

我转过身，这时，看到了一道金属的闪光——就在"海"中一座向西伸出30英里的大海岬的山脊之上。那是一个看不清尺寸的发光点，好似空中一颗明星被险峻的山峰捕获。我猜想，一定是阳光照在某些平滑的岩石表面，反射回来映进我的双眼。这种事并不罕见。在月球公转周期的第二阶段——即满月前一周——地球上的观察者有时还能观测到风暴洋中闪烁着大范围的蓝白色辉光，那正是阳光映照在山坡之上，由一个世界反射到另一个世界的明亮光芒。但我好奇的是，什么样的岩石能反射出如此耀眼的光呢？于是我爬进观察塔，转动四英寸直径望远镜，向西方看去。

眼中所见让我的好奇之心更盛。视野中的峰峦清晰无比，棱角分明，似乎只有半英里之遥，但不管反射阳光的是什么东西，它都太小了，难以看清。不过，那东西有一种难以言喻的对称美，承载它的山顶又平坦得出奇。我盯着那闪闪发光的谜一般的物体，眼睛望向虚空，过了很长时间，突然闻到厨房里传来一股煳味。这下可好，我们早餐吃的香肠在月球表面白白颠簸了二十五万英里，结果全都浪费了！

  整个上午，我们一直在争论接下来该如何穿越危海。要是往西的话，挡在前面的群山简直比天还高。即便我们穿着太空服外出勘探时，依然还在通过无线电相互讨论。我的同伴争辩说，可以肯定的是，月球上从没出现过任何智慧生物，曾经存在过的生命形式也不过一些原始的植物，以及比它们还要低等的祖先。这一点我当然和其他人一样了然于心，但有时候，作为一个科学家，绝不能害怕当个傻瓜。

  "听我说，"最后我说道，"我必须上去，就算是为了让我心安好了。那座山不到一万两千英尺——仅相当于地球重力下的两千英尺高———来一回，二十个小时足够了。不管怎么说，我一直想爬到那些山上看看，这是一次绝佳的机会。"

  "就算你没摔断脖子，"加内特说道，"等我们回到基地，你也将成为整个考察队里的笑柄。从今以后，那座山也许会被命名为'威尔逊傻冒山'。"

  "我不会摔断脖子。"我坚决地回答，"你还记得第一个爬上皮科山和赫利孔山①的人是谁吗？"

---

① 皮科山和赫利孔山：皮科山是月球上的地名，赫利孔山原是希腊神话中的山峰名，作者用其为月球上的某座山峰命名。

"那时你可比现在年轻多了吧？"路易斯·加内特温和地反问道。

"这么说来，"为了尊严，我说道，"我更有理由上去看看喽。"

到了晚上，我们把牵引车停到那座海岬的半英里范围之内，早早上床睡觉。天亮以后，加内特陪我一同前往。他是个出色的登山运动员，以前经常随我一同冒险。我们的司机留下看管设备，他高兴还来不及呢。

乍一看，那些绝壁似乎完全无法攀爬。但对我们这些登山健将来说，这里的重力只有正常条件下的六分之一，要爬上去简直是小菜一碟。在月球上登山，真正的危险其实是过度自信。即便是月球，从六百英尺高处跌下也足以要人的命，就像地球上的一百英尺一样。

到了四千英尺高空，我们在一块宽阔的岩架上第一次停下来休息。爬山倒是不难，可我很少做这种运动了，四肢开始发僵，也很高兴能休息一下。我们还能看到牵引车，它就像一只渺小的金属甲虫，远远躺在悬崖脚下。我们向司机报告了当前所处高度，然后继续向上攀登。

太空服内部很舒适，很凉爽，制冷装置替我们抵御住炙热的骄阳，还带走了身体劳顿散发的热量。我们很少彼此交谈，除非是要传递登山工具，或是商量最佳登山方案。不知道加内特在想什么，或许在想这是他干过的最疯狂的蠢事。对此我表示同意，可是登山其乐无穷，只要想想从未有人来过这里，再看看逐渐开阔的景致，你还需要别的什么回报吗？

看到面前的岩墙，我并没有特别兴奋，远在30英里开外时，我就通过望远镜仔细地观察过它。它高出我们头顶50英尺左右，在那片平顶上方，诱使我翻越这段贫瘠高地的东西就在那里。我几乎可以肯定，那东西不过是很久很久以前，一块坠落的陨石留下的碎片，在这亘古不变、永不腐蚀的寂静世界里，它的断裂面依然平滑，依然闪闪发光。

岩壁上没有抓手之处，我们只好用上挂钩。疲惫的双臂似乎又恢复了力气，于是我把三指金属挂钩在头顶抡圆，然后向上方的群星抛去。第一下抓了个空，挂钩缓缓落下，我拉回绳索。试第三次时，钩爪紧紧地挂在岩壁上，就算我俩的体重加在一起，也无法让它脱位。

加内特担心地看着我。我敢说，他想第一个上去。但我隔着面罩玻璃冲他一笑，摇了摇头。我花了点时间，慢慢地开始最后一段攀爬。

即便加上太空服，在这里我也只有40磅重，所以我只靠双手轮换就能拉动自己向上，用不着劳动双脚。到了平顶的边缘,我停了一下,朝下面的同伴招招手,然后翻身上去,站直身子,凝视前方。

你必须要理解,直到这一刻,我依然几乎完全相信我要找的东西没什么特别或奇异之处。"几乎完全",但不等于"完全"。正是困扰在心头的疑惑驱使我一路向前。好吧,到了现在,"疑惑"已经完全消失,可是"困扰"才刚刚开始。

我站在高山之上,离那东西约有一百英尺。它曾经十分光滑——光滑得过分,所以不可能出自天然——但经年累月坠落的陨石在它表面砸出了不少凹坑和伤痕。它的外表面平整如镜,可以反光,整体上呈金字塔造型,大概有两个人那么高,立在岩石上,活像一颗多棱面的巨型宝石。

最初几秒钟里,我的脑海一片空白。随后,胸中心潮激荡,一阵不可思议、难以言表的喜悦油然而生。我爱月球,现在我又知道了,在以"阿里斯塔克斯"和"埃拉托斯特尼"命名的两个陨石坑中,发现的苔藓植物并非月球早期孕育的唯一生命。第一批月球探险家持有的古老梦想虽然饱受质疑,可他们的想法是真的。终归到底,月球文明是存在的——而我是第一个发现它的人。或许我来晚了,没能看到一亿年前的文明盛况,可我并不沮丧;我终究还是来了,这就足够了。

终于,我的脑子可以正常运转了,我开始思考,心中自问:

这是一幢房屋，一座圣坛，还是别的我叫不出名字的建筑？如果是房屋，为什么它会建造在如此难以到达的地点？我很好奇，难道说它是一座神庙？于是我想象出这么一幕：一群衣着怪异的祭司们，向他们的神明祈求护佑，与此同时，月球上的海洋正在枯竭，生命随之消亡，献给神明的祷告亦成徒然。

我向前走了十几步，靠近些观察它，但出于谨慎，又不敢凑得太近。我略懂一些考古学知识，于是试着猜测这个文明的智能水平，他们竟然能铲平一座山头，建起平滑如镜的反光墙面，至今依然令我神迷目眩。

我想，如果古埃及工匠得到这些更为远古的建筑师使用的奇特材料，他们一定也能建成这样的建筑。因为这东西并不大，我当时没有考虑到，眼前的事物应该出自比人类更高级的物种之手。月球上出现过高等智慧生命，这个想法实在惊人，让人难以接受，而我的自尊也让我无法做出这样的结论，这么想实在叫人难为情。

随后，我注意到一件事，结果让我的后脖颈一阵阵发凉——这件事原本微乎其微，不足为道，所以很难被人发现。我刚才说过，高地上留下了许多陨石撞击的痕迹，还覆盖着几英寸厚的宇宙尘。只要没有风，这种灰尘会在世界上任何地方的表面堆积下来。可是，宇宙尘和陨石的凹坑在小金字塔周围突然止步，只留下一个宽阔的圆圈，好像有一堵无形的墙壁，挡住了岁月的侵蚀，挡住了来自太空，缓慢但永不停歇的流星的空袭。

有人在我耳机里大喊大叫，这时我才意识到，加内特呼叫我已有一阵子了。我摇摇晃晃地走到悬崖边缘，打手势叫他爬上来，现在我已经说不出话来了。然后我又向宇宙尘围成的圆圈走去，捡起一片破碎的石头，朝闪闪发光的神秘建筑轻轻扔去。哪怕小石头在无形的屏障前突然消失，我也不会感到惊讶，但它好像碰到了一个光滑的半球形表面，于是轻轻地掉到地上。

这下我明白了，眼前这东西与人类的古迹完全不同。它不是建筑，而是一台机器，一种力量保护着它，向永恒发出挑战。无论这种力量是什么，它还在发挥作用。也许我已经靠得太近了。我想起了过去一个世纪里，人类发现并掌握的各种射线。根据我的经验，我可能已经走近了毫无遮蔽的原子反应堆，正处于无声却致命的辐射之下，如果真是这样，事情已无法挽回，我已在劫难逃。

我还记得，当时我转过身，朝加内特走去，他也向我走来，站在我的身边，半晌无言。他顾不得理睬我，我也没有打扰他，只是走到绝壁边缘，竭力想要理清思绪。横躺在我脚下的正是"危海"——没错，危难之海——对大多数人来说，危海既陌生又诡异，我却对它非常熟悉。我抬起目光，看到新月状的地球正依偎在群星的摇篮之间。我想知道，当神秘的工匠完成这里的工作时，地球上的云雾之下正在发生什么？石炭纪的原始丛林是不是还在雾气蒸腾？第一批两栖动物是不是正在跨越荒凉的海岸线，开始了征服陆地之旅？还是说更早些，生命出现之前，地球还处于漫长的孤寂之中？

别问我为什么这么久都没猜到真相——现在看来，真相显而易见。可我当时刚刚有所发现，心中唯有一阵兴奋，于是理所当然地认为，那层无形的水晶墙壁是由月球上古时代的某个种族建造的。可是突然间，我又想起一件事，它以压倒之势盖过了其他所有想法，那就是——对于月球来说，建造机器的家伙也是外星人。

二十年来，除了一些退化的植物，我们在月球上没有发现任何生命。月球文明根本就不存在。如果有，那么，不论它是如何灭亡的，总该留下一星半点存在过的证据吧？

我再次看向闪光的小金字塔，隔开一段距离以后，我越看越觉得它与月球上的东西格格不入。由于过度兴奋，身心俱疲，我不由得大笑起来，笑得浑身发抖，笑得像个傻瓜，笑得歇斯底里——我好像听到了小金字塔在对我讲话，它说："很抱歉，在这里，我也是个外乡人。"

我们花了二十年时间，才打破那层无形的护盾，接触到水晶墙内侧的神秘机器。既然没法理解它，我们只好动用原子弹的蛮力将它彻底破坏。现在，我在山上还能找到那可爱的发光体的碎片。

这些碎片已经没用了。金字塔里的机械装置——如果它确实算机械装置的话——属于一种远超人类知识水平的技术，或许属于超物理力学的范畴。

这个谜团令我们更加困惑。如今，人类的脚步已踏上各大行星，人们都相信，一直以来，宇宙中唯有地球才算智能生命的家园。而在我们已知的世界中，任何失落的文明都不是那台机器的建造者。高原平台上厚厚的宇宙尘可以帮我们测出机器的"年龄"。早在地球海洋中出现生命以前，它就已经被安置在高山之上了。

当我们的世界只有现有年龄的一半时，外星来客从群星之间出发，掠过我们的太阳系，途中留下了这个标志，然后继续上路。在人类破坏它之前，这台机器一直在履行建造者赋予它的使命。至于使命是什么，我就只能猜测了。

在银河系中，有近千亿颗恒星绕着它们的轨道旋转。很久很久以前，在其他太阳周边的世界里，一定会有某个种族异军突起并一举超越我们现已达到的智慧高度。想一想这样的文明，他们的存在可以一直追溯到创世记的余晖未曾消逝之时，他们是宇宙的主人。那时的宇宙尚还年轻，其他生命也仅仅在一两颗星球上出现。我们难以想象他们会有多么孤独。这些孤独的神祇跨过无限的时空，却找不到任何种族分担他们的寂寞。

他们一定搜遍了无数星团，正如我们寻遍了各大行星。星球到处都是，可它们要么空空如也，要么充斥着毫无理性的爬虫。就连我们的地球，巨大的火山口仍在喷出滚滚浓烟，天空中烟云密布。这时，黎明的众神乘坐第一艘飞船，越过冥王星外围的宇宙深渊。它飞过冰封的外部行星，知道那里不可能出现生命的痕迹。它在内部行星之间停下休整，让太阳的火焰温暖自己，等待着再次踏上旅程。

这些星际漫游者一定注意到了地球，随着它在冰与火的夹缝之间安全地绕行几周。他们一定猜到了，这是太阳最宠爱的孩子。就在这里，在遥远的将来，必然会有智慧诞生。可前方还有无数星球等待着他们，而他们很可能永远不会再回来。

于是，他们留下一个岗哨。在宇宙之间，他们已经撒下上百万个，留心守护着所有可能诞下生命的世界。它就是一座灯塔，亘古以来一直发射着信号，只是地球对此一无所知。

为什么水晶墙里的金字塔要设置在月球而非地球之上？或

许现在你已经明白了。它的建造者并不关心仍在野蛮状态下苦苦挣扎的种族，只有我们的文明证明自己有资格生存下去——穿越太空，逃离地球，走出摇篮——他们才会对我们感兴趣。这是所有智能种族或早或晚都将遇到的挑战。这个挑战有两层含义。首先取决于能否征服原子能；其次，看原子能的使用结果是生存，还是毁灭。

一旦我们越过这个难关，那么，找到金字塔并将其打破，就只是时间问题了。现在，它的信号中断了，岗哨使命完成，建造者便会将心思转到地球上。也许他们很乐意帮助我们这个幼稚的文明。他们一定非常非常古老了，而老一辈总是很顽固，愿意精心照顾年轻一代人。

如今，每当我仰望银河，总是不由自主地揣测，那些特使会从哪片厚厚的星云之间飞来呢？请允许我打个直白的比喻——我们已经点燃了篝火，发出了信号，现在除了等待，别无他法。

但我相信，我们不会久等。

读客
科幻文库

跟着读客读科幻,经典科幻全看遍。

太空歌剧、赛博朋克、奇幻史诗……
中国、美国、英国、俄罗斯、波兰、加拿大、日本、牙买加……
读客汇聚雨果奖、星云奖、轨迹奖获奖作品,
精挑细选顶尖的科幻奇幻经典,
陪伴读者一起探索人类文明的过去、现在和未来,
亿亿万万年,直至宇宙尽头。

图书在版编目（CIP）数据

神的九十亿个名字 /（英）阿瑟·克拉克
(Arthur C. Clarke) 著；邹运旗译. -- 南京：江苏凤
凰文艺出版社 , 2018.8（2025.6 重印）
（读客外国小说文库）
书名原文：Of Time and Stars
ISBN 978-7-5594-2005-3

Ⅰ.①神… Ⅱ.①阿…②邹… Ⅲ.①科学幻想小说
-英国-现代 Ⅳ.① I561.45

中国版本图书馆 CIP 数据核字 (2018) 第 090436 号

OF TIME AND STARS © Rocket Publishing, 1972
Simplified Chinese translation copyright © 2018 by Dook Media Group Limited.
This edition published by arrangement with Rocket Publishing Company Ltd c/o
David Higham Associates Limited
Through Bardon-Chinese Media Agency
All rights reserved

中文版权 © 2018 读客文化股份有限公司
经授权，读客文化股份有限公司拥有本书的中文（简体）版权
图字：10-2012-521 号

神的九十亿个名字

［英］阿瑟·克拉克 著　　邹运旗 译

责任编辑	丁小卉	
特约编辑	徐陈健	叶拂云
封面设计	读客文化　021-33608320	
责任印制	刘　巍	
出版发行	江苏凤凰文艺出版社	
	南京市中央路 165 号，邮编：210009	
网　　址	http://www.jswenyi.com	
印　　刷	三河市龙大印装有限公司	
开　　本	889 毫米 ×1270 毫米　1/32	
印　　张	9	
字　　数	148 千字	
版　　次	2018 年 8 月第 1 版	
印　　次	2025 年 6 月第 19 次印刷	
标准书号	ISBN 978-7-5594-2005-3	
定　　价	42.00 元	

江苏凤凰文艺版图书凡印刷、装订错误，可向出版社调换，联系电话：010-87681002。